Impressum:
Heiko Müller (Autor)
Rheinische Straße 28
44135 Dortmund

Herstellung und Verlag:
BoD – Books on Demand, Norderstedt
ISBN 9783732248148

***Frostdornen ***

die zerbrechliche Illusion

Der Regen klatschte gegen die verstaubte Fensterscheibe und der alte, faulige Holzrahmen ächzte unter dem Gewicht der Zeit. Eine fast abgebrannte Kerze erhellte den kleinen Salon in dem alten Jagd-Schloss. Der Sturm pfiff durch undichte Stellen im Dach und den fauligen und verzogenen Holzrahmen, ließen die Kerze flackern.
Draußen war es kalt und eine stille Einsamkeit herrschte vor.
Sarah blickte mit trüben und ausdruckslosen Augen aus dem Fenster und fixierte Gedankenverloren den alten Baum vor dem Fenster, der in dem Spätherbstwind träge ächzte. Ein paar Schneeflocken mischten sich unter dem Regen und kündigten den Winter an, der dieses Jahr recht spät ankam.
Es war Ende November kurz vor Beginn des 19. Jahrhunderts. In der ländlichen Gegend nahe der friesischen Küste war es still und kaum ein Nachbar hat sich in den letzten Tagen blicken lassen.
Das kleine Dorf in der Nähe wirkte ausgestorben. Sarah war das egal. Seit dem Ritual ihres Gemahls war ihr alles egal. Sie wollte nicht mehr. Sie wusste, dass sie für diese Grausamkeit bitter

bezahlen musste. Sie hatte sich mittlerweile selber aufgegeben. Die Jäger waren ihr auf den Fersen. Sie war von ihrem Mann verraten worden.

Sie hatte niemanden mehr, der noch zu ihr stand. Ihr Gemahl hatte sie geopfert, um mit seinen beiden Geschwistern zu entkommen und sie als Sündenbock zurück gelassen. Die Nachbarn kannten und fürchteten sie als Menschenfressende Hexe, die für die Entführungen der Kinder in den letzten Wochen verantwortlich war. Und sie wussten auch, wo sie die blutige Hexe finden würden. Sarah war an das alte, verfallene Schloss gebunden und konnte es nicht verlassen. Nicht mehr.

Mit der Verwitterung des Anwesens vergingen auch ihre Kräfte. Ein Fluch, der sie an die Räumlichkeiten bannte. Wie konnte sie nur so dumm sein und glauben, er würde sie lieben und ihr den Kuss der Unsterblichkeit schenken. Nur benutzt für das Ritual, mehr Verwendung hatte er nicht mehr für sie.

„Du wirst nicht mehr gebraucht, Sterbliche. An dich zu glauben, ist vertane Zeit" Dann wandte er sich ab und ließ Sarah alleine. Für immer. Sarah wartete nur noch darauf, dass die Nachbarn das Schloss abbrennen würden, mit ihr zusammen. Sie wusste, dass es geschehen würde. Die Stunden, die sie noch zu leben hatte, zogen sich in die Länge. Die Bewohner genossen es wohl, sich bei der Rache Zeit zu lassen. Die Knochen der Kinder waren im Keller noch vor zu finden. Die ersten Polizisten, die das Schloss durchsuchen wollten, wurden ebenfalls brutal ermordet und haben ihre sterblichen Überreste zurück gelassen. Graf Günther von Schellhaus gab es nicht mehr.

Nicht mehr als sterbliches Ich, denn er wurde zu ewigem Leben verflucht und in die Sekte geholt, damit er die Sonne meidet und sich vom Blut der Sterblichen nähren muss.

Ebenso sein durchtriebener Bruder und seine laszive Schwester, die Gefallen daran gefunden hatte, männliche Opfer zu verführen, um ihnen dann ihre wahre Bestie offen zu legen und nach mehr lechzen ließ als nur Blut. Sie saugte auch ihre Seelen aus.

Sarah bekam das alles mit und wurde als einzige menschliche Zeugin zurück gelassen, mit dem Versprechen, ebenfalls in die Sekte geholt zu werden. Aber sie wurde nur benutzt und dann weg geworfen, als sie ihren Teil an dem Verbrechen erledigte und als Sündenbock zurück bleiben musste. Die Nachbarn mieden sie schon seit je her, denn sie wurde für eine böse und gefährliche Hexe gehalten, was sie letztendlich auch war. Aus einer Vermutung wurde dann bittere Gewissheit.

Drei Jahre konnten sie ihre Opferungen und Rituale unbemerkt in dem alten Verließ unter dem Kellergewölbe praktizieren. Nun waren die wahren Monster auf der Flucht und würden ihren Auftrag erfüllen. Sie erfüllten Aufträge für ihren geheimen Meister. Sarah war neugierig, wer der Meister sei, aber sie wurde immer vertröstet, dass sie es noch rechtzeitig erfahren würde, wenn sie in die Nacht geholt werden würde, aber für eine Dienerin des Dunklen würde es sich nicht ziemen, Fragen zu stellen. Sie durfte nur gehorchen. Sarah sah auf und blickte auf die Uhr.

Etwas mehr als eine Stunde wäre Mitternacht. Der letzte Tag des Novembers würde anbrechen und mit etwas Glück würde sie den Beginn des Dezembers noch miterleben. Sie griff nach ihrem Tagebuch auf der Kommode und fing an, zu schreiben. Erzählte dem Tagebuch ihre Geschichte, das Grauen der letzten vier Tage und wie es dazu kommen konnte. Sie schrieb jedes Detail auf, an das sie sich erinnern konnte. Ihre Finger zitterten und Rechtschreibfehler interessierten sie nicht. Die eigene Schrift wurde für sie unverständlich. Dann schreckte sie durch ein lautes Pochen an dem schweren Tor auf. Sie wusste, es waren ihre Jäger, die ihr nun den Graus machen wollten. Die Nachbarn wollten in Ruhe und Frieden leben und erschlugen dabei jedes Monster, das sie vorfinden konnten, damit sie weiter in Ruhe gelassen werden. Sarah war nun eines der gejagten Monster. Verdient hatte sie es. Sie schrieb weiter in ihr Tagebuch, aber die Finger zitterten schlimmer. Sie konnte den Stift kaum halten.

Es klopfte lauter und eindringlicher an dem Tor. Sarah ignorierte das Klopfen und schrieb die Sätze zu ende. Ihr Herz raste, denn sie wusste, dass sie diese Nacht nicht mehr überleben würde. Ein lautes Klirren und das Scheppern von Glas lies sie zusammen zucken. In dem Raum nebenan war ein Fenster zu Bruch gegangen. Sie sah durch das Fenster und erblickte mehrere Leute mit Petroleum-Lampen und allerhand Werkzeugen, die gerne als Waffen gebraucht wurden. Der Lynchmob würde keine Gnade kennen und sie wussten, dass Sarah noch hier war. Musste sie, um ihrem Gemahl und den anderen Vampiren die Flucht zu ermöglichen, das war der Preis des Fluches. Dann fiel ihr die Keramik-Statue wieder ein, die Graf Gunther, ihr Gemahl erwähnt hatte. Auch seine Besessenheit, als er sie endlich in einer alten Tempelanlage auf den Philippinen gefunden hatte. „Große und bedeutungsvolle Macht. Mein Meister wird zufrieden sein." Mehr konnte sie über die Statue nicht in Erfahrung bringen.

Nur, dass sie sehr wertvoll war und eine Macht besaß, die normale Sterbliche nicht begreifen würden. „Wir wissen, dass Du hier bist, Hexe!" Sarah schrak auf und verließ den kleinen Salon. Draußen hörte sie die Rufe und Flüche der aufgebrachten Bürger. „Stirb, Du verdammtes Monster!" Die Stimme gehörte einem noch nicht erwachsenen Jüngling. Sie erkannte die Stimme wieder und hatte den Jungen als ruhigen und netten Menschen in Erinnerung, der keiner Fliege was zuleide tun konnte. Er hatte eine jüngere Schwester, für die er sich rächen wollte.

Sarah hätte die Kleine nicht opfern sollen, sich in den ängstlichen Todesschreien suhlen sollen, als das kleine Mädchen auf dem schwarzen Altar geopfert wurde und Sarah nichts unternahm, um sie zu retten, sogar noch den Opferdolch in die zarte Brust rammte und sich das warme Blut über die Finger rinnen ließ. Extatisch leckte sie an dem Blut und lachte.

Sarah bedauerte es nun, aber sie war kein Mensch mehr, das Reue empfinden sollte. Sie hatte dieses Verbrechen mit vollem Bewusstsein unterstützt. Geblendet von Machtgier, ein Kind der Nacht werden zu dürfen und über die Fähigkeiten eines gewöhnlichen Menschen hinauswachsen zu können. Äxte schlugen in die Tür.

Die Nachbarn meinten es ernst, sie wollten ihr den Rest geben.

Diesmal entkam sie nicht mehr und die Nachbarn konnten dann im Keller die Beweise finden. Das Holz fing an, zu splittern und erste Risse taten sich in dem Tor auf, wo Sarah die blanken Kanten der Äxte ins Holz schlagen sah.

Ein weiteres Fenster zerbarst und sie hörte, wie Leute durch das kaputte Fenster kletterten. Sarah rannte die breite Treppe in die obere Etage hinauf, suchte nach einem Versteck, wo sie hätte sicher sein können. Sie schaute sich die acht Türen in der schmalen Diele an und wusste, dass keines der Räumlichkeiten lange sicher sein würden.

Eine weitere Treppe am Ende der Diele führte zur Dachkammer, auf die Sarah floh. Eine Frau fing laut an zu weinen. „Ich höre ihre Stimmen! Sie bitten um Gnade! Sie sind alle tot. Sucht nach ihnen im Keller." Sarah bekam mit, dass die Leute das Schloss bereits betreten haben. „Brennt das Schloss nieder." forderte jemand. „Wir teilen uns auf, ein paar von euch suchen oben nach ihr, sie muss sich hier irgendwo verstecken." Die Stimme war kräftig. Sarah kannte sie.

Der Fischer, der meistens alleine an der Küste war und nie mit einer Frau gesehen wurde. Hässlich war er nicht, aber sehr griesgrämig und reserviert.

Er mochte keine Gesellschaft und wurde meist von den anderen gemieden. In solchen Situationen übernahm er aber gerne mal Wort und Führung, genauso wie dieses Mal.

Keiner widersprach dem Fischer. „Beeilt euch, ich will die Hexe tot sehen." Sarah hatte die Bewohner noch nie aufgebracht und mit Mordlust erlebt und hielt die meisten Bürger für dumm und uninteressant. Sie war auch eine sehr hochtrabende und arrogante Egomanin gewesen, die von allen anderen gemieden wurde.

Niemand wusste von ihrem dunklen Geheimnis und bis zur letzten Stunde konnte sich niemand vorstellen, dass Sarah zu so etwas fähig gewesen wäre, auch wenn einige Leute ihre Vermutungen gehabt hatten. Berauscht vom Blut ihres Gemahls unterwarf sie sich ihm und tat alles, was ihr aufgetragen wurde.

Sie verlor schnell ihre Reue und ihre Menschlichkeit, wollte nur ihrem Mann und Meister gefallen, um den Kuss zu verdienen.

Sie hörte, wie mehrere Leute die Treppe heraufkamen. In einer Ecke sah sie das Stahlrohr und ergriff es, denn sie wollte nicht kampflos aufgeben. Ein paar der einfältigen und unwürdigen Bürger könnte sie noch das letzte Geleit mit auf den Weg geben, ehe es um sie geschehen sein würde.

Sie versteckte sich hinter der Tür, hob das Stahlrohr über den Kopf und wartete, bis die Tür sich öffnete. Ein kräftiger Mann mittleren Alters erschien, den Sarah ebenfalls kannte.

Sarah nutzte den Überraschungsmoment aus und schlug mit aller Härte zu, traf ihn am Hinterkopf. Der Schädel knackte und Blut spritzte in dicken Bahnen aus der klaffenden Wunde.

Der Mann sackte auf die Knie und regte sich nicht mehr.

Ein weiterer Mann sah das Szenario. Entsetzen lähmte ihn für einen Augenblick, den Sarah ausnutzte und auch ihn tötete. Dann nahm sie sich seine Axt und schlug auf den nächsten ein. Bevor einer der Männer Alarm geben konnte, um den Rest der Gruppe zu warnen, die sich im Schloss verteilt hatten, konnte Sarah fünf der Männer erlegen.

Sie griff an wie eine verwundete Bestie ohne Menschlichkeit. Sie war schnell. Schneller als ein gewöhnlicher Mensch und die Bürger begriffen schnell, dass sie es mit einer sehr gefährlichen Hexe zu tun hatten, mit übermenschlichen Kräften und Flüchen.

Die Bewohner wussten, dass an diesen Gerüchten etwas war, das man nicht leicht abtun konnte. Es hatte in den letzten Tagen einige der Bewohner erwischt gehabt und sie starben auf unerklärliche Weise, das sich niemand erklären konnte.

Das Blut, das sie von ihrem Gemahl trank, verlieh ihr unmenschliche Kräfte, die mittlerweile abklangen und nicht mehr so wirkten wie noch vor einem Tag. Sie wusste, dass sie entweder frisches Blut trinken musste oder die Kräfte verlieren würde. An das kräftigende Vampir-Blut kam sie nicht mehr heran und sie nutzte ihre letzten Kräfte für ihre letzten Augenblicke.

Immer mehr Bürger stürmten die Treppe herauf und schlugen nach dem Monster, das einst eine zierliche und zerbrechliche Dame war. Nach einigen Minuten konnte jemand Sarah überwältigen und der Mob schlug auf sie ein mit Knüppeln und Äxten, waren in ihrem Werk sogar noch brutaler als Sarah selbst. Dann war die Hexe tot.

Der Mob hatte schwere Verluste hinnehmen müssen, konnten aber das Grauen beenden, das sie seit einiger Zeit in Aufruhr und Angst brachte.

Im Keller wurden sie fündig und ließen ihre schlimmsten Befürchtungen wahr werden.

Die verschwundenen Personen wurden in einem hergerichteten Raum im Keller zu perversen Zwecken geopfert.

Alle Anzeichen sprachen dafür, dass Sarah eine grausame Hexe war und den Tod verdiente, der ihr in dieser Nacht gebracht wurde. Die Bewohner hatten wieder Ruhe, aber keinen Frieden. Sie trauerten um die Verstorbenen ihrer Gemeinde, aber Spuren, die auf die wahren Übeltäter hindeuteten, fanden sie nicht.

Das Schloss wurde ein paar Tage später niedergebrannt, als auch die Polizei keine weiteren Spuren mehr finden konnte. Der Spuk war beendet und ließ Norddeutschland und die ostfriesischen Inseln ins nächste Jahrhundert gelangen, ohne Monster und schrecklichen Verbrechen.

Graf Gunther von Schellhaus und seine beiden Vampirgeschwister tauchten nicht wieder auf. Niemand konnte sich an sie erinnern oder hatte sie jemals vermisst. Keine Spuren führten mehr zu dem Kult, der an anderen Orten neue Opfer forderte und neue Rekruten missbrauchen ließ. Immer wieder war ein Gerücht über eine Statue im Umlauf, das die Form eines Fischgottes habe und die Seelen der Opfer verspeisen würde, damit Graf Gunthers Meister zu einem immer mächtigeren Dämon heranreifen konnte und ein paar Jahre später als physische Gestalt in diese Welt eintreten könne.

Der Wahrheitsgehalt konnte nie bestätigt werden und waren für diejenigen, die davon je hörten, nur Gerüchte und Spinnereien. Märchen für Romane oder um Kinder zu erschrecken, aber nichts, das irgendwer hätte ernst nehmen können.

Keine Zeugen waren da, die hätten aussagen können, aber ein paar alte Bücher wiesen auf diese menschenverachtende Sekte hin.

Die Sekte war alt, mehrere tausend Jahre reichte sie zurück und blieb immer klein und im verborgenen.

Der Gründer der Sekte lebte auf unwirkliche Weise immer weiter, wurde nicht älter und nährte sich von den Seelen seiner Opfer. Niemand nahm so etwas für voll und Gläubige, die etwas recherchierten, fanden Hinweise auf die Taten und Struktur der Sekte, aber ein paar Wenige landeten in Heilanstalten und Psychiatrien, die sich etwas zu tief mit der Materie auseinandergesetzt hatten. Der Glaube des Kultes war verwirrend und erniedrigend, für normale Menschen.

Die Anhänger des Kultes töteten jeden, der der Sekte zu nahe kam.

Sie wollten die Sekte geheim halten, aber ein paar unglaubwürdige Texte waren dennoch im Umlauf, die von manchen Autoren auf geschnappt wurden, die sich von der Idee haben inspirieren lassen und so ihre Horror-Geschichten schreiben konnten über Kulte, Monster und Perversionen, die ins Reich der Fantasie gehörten und von den Lesern auch nicht ernst genommen wurden.

Die Autoren hatten auch selber keine Ahnung und hielten es für Geschichten, an denen nichts dran sein konnte.

So konnte der Kult im Geheimen weiterhin wirken und blieb ungesehen und ungehört, bis der Kult eines Tages aufhörte, zu wirken und verschwand, als hätte er nicht wirklich existiert.

1.

Gegenwart

Die Sonne schien und es war für Anfang März schon recht mild. Frühlingshafte Temperaturen ließen die Menschen das Freie und Grüne aufsuchen.

Hart gesottene Stubenhocker hatten ebenfalls ihre Probleme, daheim zu bleiben und den Verlockungen des Tages zu widerstehen.

Andreas blickte auf sein weißes DinA4-Blatt und zeichnete einige Panels hinein, grübelte über eine Story, die er veröffentlichen wollte.

Sein Traum war es, als Comic-Zeichner über die Runden kommen zu können und die Welt mit seinen Geschichten zu unterhalten, zu belustigen oder aber auch etwas auf zu klären.

Zwei Alben hatte er bereits veröffentlicht.

Die Verkäufe waren eher mies und schleppend und er war gezwungen, einen bezahlten Job in der Leiharbeit zu machen und in seiner Freizeit seine Comics zu fertigen.

Leider hatte Andreas keine wirklichen kreativen Ideen für ein Skript, welches er für sein neues Album verwenden konnte. Tipps und Ratschläge von Freunden und Bekannten bekam er jedoch nicht, denn er war allein.

Er sammelte Ideen und machte Skizzen, alles wirkte für ihn eher wie zusammenhangloses Gefasel, keine wirkliche Story, keine Höhen und Pointen und die Charaktere wirkten platt und unausgegoren.

Mal war er ein besessener Künstler, der selbstständig an seinen großen Werken bastelte und dann war er wieder der depressive Versager, denn seine Künste waren schwach und unausgereift. Andreas brüllte laut auf und riss das Blatt von seinem Zeichentisch, als ihm die Hand ausrutschte und der Fine-liner über den Rand des Panels rutschte.

Er zerknüllte das Papier und warf es in die Ecke. „Ich soll wohl echt mal raus gehen und den Kopf frei bekommen. Ich bekomme heute echt nichts gebacken! Wie so oft."

Andreas war den Tränen nahe. Endlich Sonntag, niemand würde herkommen und ihn nerven.

Keine Nachbarn, kein Vermieter, gar nichts.

Wenn jemand vor seiner Tür stand, bedeutete es meistens Ärger.

Ein freier Tag, wo er mal etwas in die Gänge hätte kommen können, aber ein absoluter Fehlgriff, an dem freien Sonntag für seine kreativen Kunstwerke zu wirken.

„Keine Chance heute. Ich gebe auf."

Andreas merkte, dass er Selbstgespräche führte und sich im Kreis dabei drehte. Die Idee und die lockere Hand wollten heute nicht. Das musste Andreas einsehen und er schnappte sich seine Jacke, zog sich seine Schuhe an und verließ seine kleine und renovierungs bedürftige Sozial-Wohnung.

Wenn er gerade kein Job machte, lebte er von der Arbeitslosenunterstützung.

Derzeit hatte er wieder einen Job, der schlecht bezahlt war, körperlich belastend war und sein Chef sich als Sklaventreiber entpuppte. „Ich bin mit Ihrer Leistung nicht zufrieden. Entweder Sie bessern sich oder.." das waren die letzten Worte seines Chefs, bevor Andreas ins Wochenende entlassen wurde. Er rechnete nicht damit, dass er den Job noch lange halten würde.

Die ganze Woche tat ihm der Rücken weh und sollte in der darauf folgenden Woche noch mehr leisten.

Das Comic-Album, das einschlug wie eine Bombe, fehlte ihm noch. Immerhin schlug eine Bombe oder etwas naheliegendes in seine Wohnung ein. Zumindest machte es den Anschein.

Sein großer Wunsch blieb leider aus bis jetzt und seine neue Kreation wirkte auch nicht gerade viel versprechend.

Andreas gemahnte seinen Geist zur Ruhe und wollte einfach nur etwas abschalten, frische Luft schnappen und den Kopf frei bekommen, damit er am Abend noch etwas hin bekommen würde.

Die Geschichte brauchte noch etwas Feinschliff, es fehlte ihm etwas, das der Story einen gewissen Reiz geben könnte.

Bisher langweilten ihn seine eigenen Ideen und er fand nichts, was nicht irgendwie so wirkte, als hätte er bei seinen Idolen abgekupfert oder Witze, wo der Witz fehlte. Andreas öffnete die Tür, ging in das Treppenhaus und schloss die Tür ab.

Er wohnte im zweiten Stock eines heruntergekommenen Wohnblocks in einer Plattenbausiedlung im Norden von Duisburg. Dort war immer irgendwie Unruhe und selten wirkte es mal sauber oder einladend. Die Nachbarn gingen ihm aus dem Weg, oder er ihnen.

Mit den wenigsten von ihnen wollte Andreas zu tun haben. Die meisten von ihnen waren sozialschwach und Alkoholabhängig. Es war dreckig und unruhig. Die meiste Zeit über. Dem Vermieter war es soweit egal, solange er sein Geld pünktlich hatte.

Andreas war zwar kein Einzelgänger und mochte Gesellschaft mit interessanten Leuten, aber Andreas hatte Schwierigkeiten, auf Menschen zuzugehen und niemand schien sich auch sonderlich für ihn zu interessieren. Er war nicht hübsch und es fehlte ihm Geld und ein gewisser Reiz.

Das andere Geschlecht lehnte ihn ab und selbst die Verlierer wollten ihn nicht als Lückenfüller und Pausenclown missbrauchen. Mehr als flüchtigen Smalltalk oder flüchtige Bekanntschaften konnte er nicht schließen und fühlte sich von der Welt aus gestoßen.

Die wenigen Kumpels in seinem Leben waren meiste Zeit auch eher nervig und lagen nicht wirklich auf Wellenlänge. Das Einzige, was sie verband, war eher die Langeweile und Einsamkeit, weniger irgend einen Nutzen. Seine Kumpels fanden ein paar Ideen ganz cool, die Andreas so vor trug, aber keiner hatte Interesse oder Begabung, sich mit irgendetwas auseinander zu setzen, das man als kreativ oder ausbaufähig hätte nennen können.

Durchs Leben gammeln waren ihre Ziele oder wussten selber nicht, wohin mit sich. Andreas hatte in den letzten Zeiten wenig mit ihnen unternommen, da er sich auf sein neues Album konzentrieren wollte und sie nicht gerade hilfreich waren.

Sie versuchten eher, ihn davon ab zu halten und seine Zeit lieber dumm verschwendeten, wie sie es im Grunde taten. Bier in großen Mengen, blöde Sprüche klopfen und hübschen Frauen hinterher glotzen. Wurde Andreas aber zu schnell langweilig und auch zu erbärmlich.

Frauen interessierten sich nicht für ihn, jedenfalls nicht ernsthaft. Er hatte in seinem Leben zwei Beziehungen gehabt, die beide nicht lange hielten und sie es gewesen war, die Schluss mit ihm machten. Waren selber nicht sonderlich intelligent oder attraktiv, eher so etwas wie eine Notlösung und hinterher war Andreas nur noch eine lästige Zeitverschwendung für sie.

Lückenfüller, bis etwas Besseres kam und ihre Leben bereicherten.

Verübeln konnte er es ihnen aber nicht. Aber danach wurde er vorsichtiger im Umgang mit dem anderen Geschlecht und brachte ihm keine neue Romanze mehr ein.

Die letzte Beziehung war schon ganze acht Jahre her und Andreas hatte resigniert aufgegeben, als er nur noch Abfuhren erhielt. Er hatte auch nichts zu bieten.

Kein Erfolg als Künstler, keinen guten und sicheren Job, nicht einmal besondere Begabungen oder ein attraktives Äußeres und die Gesprächsthemen, die er so hatte, interessierten niemanden sonderlich oder hatten einfach keine Ahnung, wovon er da redete.

So drehte er gedankenverloren eine Runde um den Block und blieb bei dem kleinen Stadtpark stehen, als er sah, wie eine junge Mutter ihr Säugling stillte. „Ich hasse den Frühling." Andreas schüttelte den Kopf und schaute lieber vorbei fahrenden Autos hinterher, versuchte den Blick von der üppigen Oberweite abzuwenden, das sich ihm bot.

Die Frau bemerkte ihn anscheinend nicht oder es war ihr egal. Andreas merkte, wie er erregt wurde und seine Sehnsucht nach einer weiblichen Seite stärker wurde.

Er bedauerte, überhaupt raus gegangen zu sein und ging weiter, ließ den Park hinter sich und kehrte langsam wieder nach Hause zurück. Als Zuhause hatte er seine erbärmliche Bruchbude auch nie betrachtet und ihm fehlte das Geld für eine Renovierung oder einen vernünftigen Umzug. Er wendete sich von dem Anblick der großen Oberweite ab und schlenderte nach Hause.

 Im Hausflur begegnete er einer älteren Frau Mitte Fünfzig, sehr abgemagert und Heroinsüchtig. Sie war voll drauf und Andreas sah, wie der Urin ihre dünnen Beine herunterlief. Sie faselte irgendetwas über ein dummes Arschloch, das sie hat sitzen lassen und in ihren Hass-Psychosen Thema Nummer Eins war. Jeden Tag aufs Neue.

Als Andreas wieder in seiner Bude stand, nahm er sich ein Blatt vom Stapel und zeichnete los, die Frau auf der Bank in seinem Kopf, die er nicht mehr los wurde und begann, seine erotischen Sehnsüchte auf das Papier zu bannen. Er stellte sie sich nackt vor, wie sie sich vor ihm räkelte und zeichnete. Dann nahm er das nächste Blatt und zeichnete sie in einer anderen Pose und wieder eine nächste Darbietung seiner Fantasien und verschwand auf sein versifftes Klo, seinen Phantasien den Dampf zu nehmen und merkte, dass er Hunger bekam und eine Pause brauchen könnte.

„Wichsen, fressen, krepieren. Das ist das Leben!"

Auf dem Boden sammelten sich bereits vier Bilder seiner Fantasien, aber nichts, das ihm bei seinem aktuellen Album nützlich gewesen wäre.

Er ging in seine viel zu kleine Küche und fand im Schrank ein Fertiggericht, das er sich auch schnell in der Mikrowelle heiß machte und sich an dem kleinen, wackligen Tisch setzte. Als die Mikrowelle fertig war, öffnete er gierig die Tür und schlang den Fastfood in sich rein, verbrannte sich erst die Zunge, aber merkte, dass er den ganzen Tag noch nichts gegessen hatte. Dann ging er in sein Arbeitsschlafwohnraumzimmer zurück, schaltete das Licht ein, da es draußen bereits dämmerte und schaute in seinem Einmachglas, das er als Haushaltskasse verwendete, ob er noch genug Geld für einen Einkauf übrig hätte.

Er hatte am Ende des Geldes immer soviel Monat übrig, das war für ihn auch nichts Neues, aber das Geld reichte noch, um seinen Vorrat auf zu stocken und wenigstens die nächsten zwei Wochen mit billigem Fastfood und Nudelgerichten zu überstehen.

Auf ein leeres Blatt geschaut kamen ihn immer noch keine Ideen, aber er ignorierte die Leere in seinem Geist und überlegte sich einen Einkaufszettel, da er am nächsten Tag erst einmal einkaufen gehen würde, da die Läden Sonntags ohnehin geschlossen hatten.

Die kommende Woche hätte er Spätschicht, so dass ihm wenigstens der Vormittag noch blieb. Andreas bekam Magenschmerzen, wenn er an den Job und die neue Woche dachte.

„Keine Ideen, nur ein scheiß Leben." Andreas wollte sich ablenken und schaltete seinen alten Fernseher ein. Er suchte irgendwas, das ihn ablenken konnte. Im Fernsehen lief nach einer Weile hin und her schalten nichts wirklich interessantes und blieb bei einer Dokumentation auf einem Nachrichtenkanal hängen, die etwas über die Marine der Franzosen während des zweiten Weltkrieges brachte.

Andreas schaute eher gelangweilt als interessiert zu und das Thema war auch nicht hilfreich für sein Comic-Album.

Nebenbei zeichnete er skizzenhaft Matrosen, Schiffe und Küstenlandschaften, die er vielleicht später noch einmal verwenden könnte für ein anderes Album oder Cartoon oder für was auch immer.

 Zumindest bereicherte er sein kreatives Chaos, das sich zu dem anderen Müll und Dreck auf dem Boden sammelte.

Er schaute sich an, was er bereits für sein aktuelles Album hatte und es war eher dürftig.

Die Kategorie seines Projekt-Themas ging in Richtung Kinder-Cartoon, sprechende Tiere auf einem Bauernhof. „Darauf stehen die Leute! Comics werden von Kindern gelesen und Humor ist immer gut, das bringt Ihrem Kunstwerk den nötigen Pfiff." Zumindest nach Auffassung seines damaligen Comiczeichnerkurs-Dozenten seines Fernstudiums, das Andreas mit einem schwachen Befriedigend abschliessen konnte. Über seinen Schatten zu springen und Kinder-Cartoons zeichnen mit lustigen Themen rettete noch etwas seine Note.

„Sie müssen Ihren Stil verbessern. Üben, üben, üben. Für Ihren Zynismus werden Sie keine breite Masse begeistern können und nur in einem Nischendasein dümpeln. Wenn überhaupt."

Das Thema nervte ihn, aber auch sein Redakteur hatte ihm empfohlen, dass sich das noch mit am besten verkaufen würde.

Oder politische Kritiken und Verballhornungen waren auch eine Möglichkeit für Karikaturen. Sein Horror-Comic, den er davor veröffentlicht hatte, wurde seinen Ansprüchen nicht gerecht und entpuppte sich eher als Enttäuschung für ihn, war aber noch nicht lange auf dem Markt erhältlich und wurde direkt wieder eingestellt, da die Leser lieber lachen wollten als Monster zu sehen, die Sprüche auf Lager hatten, die man in jedem dreckigen Teil größerer Bahnhöfe findet, wenn man zur richtigen Zeit dort ist.

„Vielleicht geschieht ja doch noch ein Wunder."

Andreas ging abermals in die Küche und kochte sich Spaghetti, da er wieder Hunger hatte und die Fertiggerichte nicht sonderlich nahrhaft waren.

Während er wartete, bis das Wasser kochte, hörte er aus dem Nebenzimmer der Doku zu und schaute dabei aus dem Küchenfenster, konnte dabei auf den dreckigen Hof blicken.

Überall lag der Müll im Hof verteilt. Der Vermieter interessierte sich nicht für den Zustand des Hauses, nur dass die Miete pünktlich gezahlt wird. Gerüchteweise geschehen in seinem Umfeld auch viele Selbstmorde, wie Andreas gehört hatte.

Plattenbau, sozial untere Schicht, hohe Arbeitslosigkeit auch bei seinen Nachbarn und Perspektivlosigkeit rund um die Uhr.

Draußen kloppten sich zwei Leute, die zu viel Alkohol im Blut hatten.

Andreas sah nicht, wo sie waren, aber er hörte sie ganz deutlich. Abends geht es in der Gegend auch gut ab, viele Schlägereien und meistens sind auch Drogen mit im Spiel.

Einmal wurde ein Nachbar fast tot geschlagen, weil er einem anderen noch zwei Gramm Kokain schuldete und damit nicht herüber kam. Andreas wollte aus der Gegend weg. Nicht weit weg versammelten sich auch gerne mal Rockerbanden und machten Randale.

Aber zum Glück nicht jedes Wochenende.

Andreas hatte Glück, dass er das Wochenende mal ruhig erleben durfte. Als die Spaghetti fertig waren, packte er sich den Teller voll, klatschte lieblos ordentlich Ketchup drauf und ging zurück in sein Zimmer und setzte sich vor die Glotze, schaltete sich durch die Kanäle und aß dabei. Aber es lief einfach nichts im Fernsehen und Ideen für seine Zeichnungen hatte er immer noch keine. Er beschloss, diesen Abend früh ins Bett zu gehen und hoffte, dass er den Montag Vormittag irgendwie noch nutzen könnte für wenigstens eine Idee, was die Comicgeschichte um sprechende Schweine, Ziegen und Pferde sagen könnte.

„Das Pferd wird vom korrupten Bauern in eine Falle gelockt und kommt als Salami-Wurst wieder und nimmt Rache an dem Hof. Macht aus dem Bauern Schweinskopfsülze und wird damit reich."

Andreas musste lachen und dann fing er wieder an, vor sich hin zu flemmen. Die Gesellschaft ließ ihn unerbittert spüren, dass er ein Versager war, der nichts Rechtes auf die Reihe bekommen würde. Ewig in diesem Trott hängen würde und sich nie etwas bessern würde. Seine Mutter war seit einer Weile tot und seitdem litt er an schweren Psychosen. Sein Drogenproblem verschlimmerte die Situation erheblich.

Zu seiner jüngeren Schwester hatte er so gar keinen Kontakt mehr, die gingen ihr eigenes Leben nach und hatten keinen Platz für einen Reservebank-Penner wie ihn.

„Mami kann mir bestimmt helfen oder zumindest mal ablenken."

Neue Freunde suchen, aber selbst auf der Arbeit interessierte sich jeder nur für sich. Meistens wirkte Andreas zu ungepflegt und roch auch so.

Guthaben auf dem Handy hatte er auch nicht, nicht einmal Flatrate und Internet. Fürs Internet musste er in ein Café gehen, was er sich auch nur einmal oder zweimal in der Woche leistete und teuer genug war, aber für Informationen und neue Bilderchen reichte, die er dann im Café ausdrucken konnte und sich bei sich zu Hause an die Wand hängen konnte.

„So viele Neuerscheinungen und voll kein Geld dafür. So viele neue Gute dabei!"

Andreas verzweifelte bei der Frage, auf welche Comics er verzichten wollte und welche er sich holen würde, wenn der Mager-Lohn endlich auf dem Konto wäre.

Dann schaute er auf ein Bild an seiner Wand, fixierte es geradezu. Auf dem Bild war eine Elfen-Amazone abgebildet, die ihr Schwert hoch hielt und im Hintergrund ein Froschmonster, welches gierig nach ihr griff.

Andreas sprang auf und riss sich mehrere Blätter vom Stapel und setzte sich an sein Zeichentisch und fing an, zu zeichnen.

Grobe Skizzen und ein Storyboard, das ihn auf einem Male überkam. Nicht die Elfe, aber der Frosch war für ihn ein möglicher Geistesblitz.

Seine Bauernhofgeschichte hatte am nächsten Morgen doch eine Geschichte. Der Hof wird von einem fremden und undurchschaubaren Frosch besucht, der den Bauern übers Ohr haut und die Tier-Freunde müssen dem Frosch seine magische Brosche abnehmen, die ihn ungewöhnlich intelligent, groß und auch boshaft machte.

Andreas zeichnete die ganze Nacht und bemerkte es erst, als langsam die Dämmerung wieder einsetzte und er sich erstaunt fragte, wie lange er daran gesessen hatte. Langsam kam seine Geschichte in Fahrt und er hatte zumindest die grobe Handlung und knapp zwanzig Seiten, die er verwenden konnte für das Album.

Dann legte er sich zufrieden auf seine alte Schlafcouch und hoffte, noch genug Schlaf ab zu bekommen, damit er in seiner Spätschicht erscheinen konnte und nebenbei seinen blöden und nervigen Job auf die Reihe bekommen würde und länger halten kann als seine letzten beiden Jobs, die nur knapp einen Monat hielten.

Er arbeitete ab und zu in verschiedenen Leiharbeitsfirmen und konnte sich mit keiner wirklich anfreunden.

Sein Schlaf wurde seit letzter Zeit gestört durch Probleme, die ihn nervten, ebenso die zahlreichen Alpträume, die ihn in der Nacht haben immer wieder wach werden lassen. Vielleicht hatte er diesmal Glück, und die Träume ließen ihn einfach mal in Ruhe.

In seinen Träumen wurde er sehr häufig von einem übergroßen Frosch gejagt, das ihn verschlingen wollte. Die alte Couch quietschte, als er sich auf die andere Seite drehte und sich seine Wolldecke bis zum Kinn hochzog und die Metallfeder spürte, die sich in seine rechten Rippen drückte. Für eine neue Couch oder sogar ein Bett fehlte ihm das Geld.

Er war froh, dass er sich seine Miete und Nebenkosten leisten konnte und nebenbei noch Geld übrig war für billige Nahrung und diverse Comic-Alben, die er sich fast jeden Monat leistete und ihn für seine Werke inspirierten. Nur bei dem Zeichenstil konnte er nicht mithalten und war neidisch, wenn ihm ein Entwurf nicht gleich gelungen ist.

Er war sich sicher, dass er sich auf seinen eigenen, eher plumpen und karikativen Zeichenstil verließ als seine Idole nacheifern zu wollen.

Andreas zeichnete alleine, war auch für die Story verantwortlich und musste auf bescheidene Mittel zurück greifen.

Die Profi-Zeichner waren besser ausgestattet und dementsprechend auch bekannter bei der Leserschaft. Deren Graphic Novel Helden wirkten im Team und konnten auch entsprechende Computeranimationen einbinden.

Mit ein paar Bildern von seinem letzten Album im Kopf schlief er dann friedlich ein.

2.

Eine steinige Felswand tat sich vor ihm auf. Scharfe Kanten verhinderten ein hoch klettern. Der Pfad war sehr eng und seine Hand zitterte. In der rechten Hand hielt er seinen vertrauten Magier

Stab, Zeichen seiner Gildenzugehörigkeit. In der linken Hand hielt er ein langes und dünnes Hanfsein mit einem kleinen Enterhaken an einem der beiden Enden. Das Brüllen der Bestien, die ihm auf den Fersen waren, war dicht hinter ihm. Bald würden sie ihn erreicht haben und ihm ein ähnliches Schicksal darbieten, wie es sein Gilden Freund ereilt hatte.

Andreas, der Magier, hatte den grausamen Tod seines Freundes nicht überwinden können und er hat blutige Rache geschworen. Ihn gingen die Kräfte, die Wirklichkeit nach seinem Willen zu formen und verändern, langsam aus.

Er brauchte dringend Erholung, aber die konnte er sich im Augenblick nicht leisten. Keuchend schaute er die hohe Steinklippe hinauf und schwang sein Hanfseil.

Der erste Wurf erreichte die Kante nicht und prallte mit einem lauten Klacken an der Wand ab. Hinter sich hörte er ein Brüllen. Seine Jäger waren fast da. Er warf noch einmal und verfehlte wieder die Kante. Verängstigt drehte sich Andreas um und hob seinen Zauberstab, murmelte eine Beschwörung und spürte, wie sich sein Stab mit mystischer Energie auf lud.

Ein starkes Kribbeln durchzuckte seine Hand, als er spürte, wie das Vis aus seinem Inneren in den Stab floss.

Die ersten Bestien tauchten auf und waren von ihrer Blutgier geblendet, wild und unvorsichtig stürmten die ersten von ihnen auf den Magier zu, der im selben Augenblick den Stab auf zucken ließ und ein greller Blitz aus der Diamant bestückten Spitze fuhr, die ersten drei Monster direkt versengte.

Die anderen beiden der Bestien hatten mehr Glück und stürmten weiter auf Andreas zu, hoben ihre krallenbewehrten Pranken und wollten auf ihn einhieben.

Eines der beiden Monster brach direkt zusammen und gurgelte etwas unverständliches, als Andreas den Schaft eines Pfei8les erblickte, der aus dem Rachen ragte.

Das andere Monster schaute nach oben und brüllte vor Wut. Diesen kurzen Augenblick nutzte Andreas und rammte der Bestie seinen Dolch in die Kehle, die er blitzschnell aus seinem Stiefelschaft zog, als er sein Seil fallen ließ. Er drehte den Dolch und zog ihn schnell wieder aus der Wunde heraus als ein weiterer Pfeil die Bestie in die Schulter traf.

Wütend brüllte das Monster, war aber für den Augenblick benommen und taumelte zurück. Andreas stach ein weiteres Mal zu, wurde aber von dem Monster aufgehalten, der Andreas den Dolch aus der Hand schlug und wütend auf seine Brust schlug.

Andreas, von labiler und zarter Natur, traf der Schlag mit voller Wucht und schmetterte ihn gegen die scharf kantige Felswand. Andreas hustete und erbrach, sah Sterne und spürte den Schmerz. Das Monster kam näher, wurde aber durch einen weiteren Pfeil aufgehalten.

„Wirf das Seil hoch und beeile dich, die anderen sind gleich hier."

Andreas sah verschwommen eine große und zierliche Gestalt, wie sie typisch ist für Elfen in der Region. Aber die Kraft reichte nicht aus, um das Seil mit angemessener Kraft zu werfen und der Magier brach auf die Knie zusammen.

Hinter sich hörte er die Meute näher kommen und den Elfen, der oben auf der Felskante stand, hastig mit seinen Bogen hantieren. Zwei weitere Monster fielen, aber der Rest erreichte Andreas.

„Ich komme nicht gegen sie an!" hörte er den Elfen brüllen.

Einer der Monster packte den jungen Zauberer und schleuderte ihn im hohen Bogen in die Richtung, aus der er kam. Dumpf und hart schlug er auf dem felsigen Boden auf und spürte, wie eine seiner Rippen brachen. Hustend und spuckend schaute Andreas auf und sah ins Antlitz des Rudel Führers. Das alte Frosch-Monster mit seinem breiten Maul und den unnatürlich scharfen Zähnen. Dann packte sich das Froschmonster den jungen Magier und öffnete sein breites Maul, schob sich den Leckerbissen zwischen die Kiefer und biss zu.

Andreas schrie. Er wurde wach und lag in seinem Gerümpel auf dem Boden.

„Schon wieder dieses Frosch-Vieh! In keinem Comic ist je ein Frosch aufgetaucht. Woher kommt dieser dumme Traum, verdammt nochmal!"

Andreas versuchte, einen klaren Gedanken zu fassen und erst einmal wach zu werden. Er blickte auf die Uhr. Zwei Stunden hatte er noch Freizeit, dann musste er zur Arbeit.

Bei dem Gedanken drehte sich ihm der Magen um und er erbrach bittere Galle.

Schwerfällig richtete er sich auf und wankte in die Küche und freute sich, dass er noch genug Kaffee im Haus hatte, um sich wenigstens zwei Tassen brühen zu können, ohne einkaufen gehen zu müssen.

Nahrung zum Frühstück fand er ebenfalls, aber er hatte keinen Appetit. Ihm wurde schlecht, als er den ersten Bissen nehmen wollte und nippte stattdessen vorsichtig an seinem Kaffee. Er dachte an den komischen Frosch, der ihn nicht in Ruhe ließ und ihn in seinen Träumen verfolgte. Die Idee für seinen Kinder-Cartoon als perverse Form für Erwachsenenunterhaltung. Aber Erwachsene lesen keine Comics und kranke Cartoons schon einmal gar nicht.

Dann kam er auf die Idee, nach der Post zu schauen, aber rechnete damit, dass er es bereuen würde, da die meiste Post nur Ärger bringt, die er so erhielt. Inkasso-Unternehmen, die Forderungen stellten und ihr Geld wollten.

Mit seinen Veröffentlichungen konnte er es sich nicht leisten, seine Schulden zu tilgen oder davon vernünftig zu leben. Er schlüpfte in seine Jeans, die er schon seit einiger Zeit trug und erinnerte sich daran, dass er mal dringend wieder Wäsche waschen musste, unter anderem auch seine speckige Jeans, die er trug.

Dann schlüpfte er in seine Schlappen, nahm einen tiefen Schluck von seinem Kaffee, der mittlerweile eine trinkbare Temperatur erreicht hatte und zog den Schlüssel von der Wohnungstür ab, öffnete die Tür und sprang die fünf Stufen des Treppenabsatzes hinunter und stand vor der Haustür. Ein gelber Zettel ragte aus dem Briefkastenschlitz und Andreas schloss den Briefkasten auf und fand eine gelbe Karte und einen Brief von einem Inkassounternehmen.

„Wer will mir ein Paket schicken? Ich habe nichts bestellt gehabt."

Verwundert musterte Andreas die gelbe Karte und wurde neugierig, was das sein könnte. Dann ging er zurück in seine Wohnung und merkte, dass er sein Päckchen erst am Folgetag abholen könnte. Er zog eine Schnute, die Mundwinkel gingen nach unten und er machte sich bereit für seinen Job in seiner geliebten Leiharbeitsfirma. Als er sich seine Sicherheitsschuhe anzog, musste er erbrechen.

„Ich sollte mich krank schreiben lassen. Ab zum Doktor." Aber er verwarf die Idee wieder und machte sich schwer fällig auf den Weg zu seiner Arbeit.

Er freute sich einfach nur, seine heiße und große Liebe zu sehen, dem Alkohol kranken und dauernd schlecht gelaunten Vorarbeiter. Frauen gab es ebenfalls in dem Betrieb, in dem er arbeitete. Keine von denen schauten auch nur flüchtig zu ihm herüber. Der Welt war er egal.

Die meiste Zeit über war er einfach nur einsam und sich selbst überlassen. Darunter litt er. Dicke Wolken hingen am Himmel und der Wind war etwas kühler geworden, als am Sonntag, wo die Welt bessere Laune genoss. Andreas peitschte der Nieselregen in sein Gesicht und ließ ihn für einen kurzen Augenblick die Welt verfluchen.

„Es ist Montag, es ist kalt, es regnet und ich soll heute eine Stunde länger im Betrieb bleiben, soweit ich den Vorarbeiter am Freitag verstanden habe. Ach, dazu kommt noch die Leistungssteigerung, die mit letzter Woche nicht mehr zu vereinbaren ist."

Andreas drehte sich auf seinem Absatz um und sah noch rechtzeitig, wie die Haustür ins Schloss fiel. Er griff in seine Hosentasche und seine Finger spielten mit dem Schlüssel. Dann drehte er sich wieder um, stellte sich dem Nieselregen und baute innerlich Motivation auf, sich der Sklaven-Hölle zu stellen. „Ist eh schneller wieder gelaufen, als ich gucken kann." Er ging ein paar Schritte und merkte, dass ihm die Füße weh taten, dazu meldete sich auch sein Rücken. Ein Blick auf das Display seines Handy verrieten ihm, dass er sich beeilen musste, wollte er noch pünktlich in der Schicht erscheinen. Andreas flennte, ging aber ein paar Schritte schneller.

Der Regen wurde stärker, aber trotzig stellte sich Andreas dem wundervollen Montag und Wochenbeginn. Dann erreichte er die Bushaltestelle, sah auf das Display seines Mobilfunkapparates und verglich die Uhrzeit mit dem Abfahrtsplan.

„Gerade nochmal Glück gehabt! Der Bus müsste jeden Moment auftauchen. Wenigstens noch etwas Glück an diesem tollen Montag."

Andreas grinste und lobte sich selber dafür, dass er es schaffte, doch noch auf der Arbeit zu erscheinen und er eine kleine Errungenschaft in dem Talent *Disziplin* erlangen konnte. Grinsend wartete er. Dann schaute er nochmal auf sein Display und merkte, dass der Bus drei Minuten Verspätung hatte. Er schaute nochmal auf den Abfahrtsplan, um sicher zu gehen, dass er sich nicht täuschte. Verguckt hatte er sich nicht. Der Bus tauchte nicht auf.

Andreas wartete vergebens und merkte, dass er es nicht mehr schaffen würde, pünktlich in die Schicht zu kommen, das wiederum mit Stress verbunden war, wollte er noch an seinen Spind. Er erinnerte sich an Markus, einem Arbeitskollegen in der Leihfirma. Markus war letzten Mittwoch ebenfalls zu spät und war ganz abgehetzt, obwohl er ein Taxi genommen hatte.

„Ein Taxi nehmen." Andreas sah in sein Portemonaie und stellte fest, dass er sich nicht einmal etwas in der Mittagspause leisten konnte und er vergessen hatte, anständig zu essen, denn sein Magen meldete sich auf zweifache Weise. Zum einen verkrampfte er bei der Vorstellung, die Schicht über sich ergehen zu lassen und zum anderen, weil er gerade Hunger bekam. Dafür kam aber kein Bus.

Nach etwa einer viertel Stunde des Wartens kam Andreas auf die Idee, dass er den Bus knapp verpasst haben könnte und seine Uhr etwa drei Minuten hinter der wirklichen Zeit hing. Er bemerkte, dass seine Füße einen schnelleren Gang drauf hatten, als auf dem Hinweg zur Haltestelle. Monoton rannte er auf seinen Wohnblock zu, riss den Schlüssel aus der Hosentasche und schloss die Haustür auf.

Dann bekam er nur noch mit, dass er die Treppe förmlich hinauf geflogen sein muss und plötzlich in seiner kleinen, miefenden Bude stand und seine Tür laut zu flog.

Er schleuderte seine Schuhe in eine Ecke, zog seine Hose aus, legte sich auf seine Couch und zog sich seine Decke über den Kopf und fing an, zu heulen.

Dann klingelte sein Handy. Andreas wischte sich die Tränen aus dem Gesicht und ging an sein Telefon.

„Ja bitte?" Er hörte die Stimme seines Vorarbeiters. „Wo bleiben Sie? Wir warten! Wir müssen heute sechshundert Kartons in die Retour zurückbringen und die zweihundert Kartons vom Donnerstag, Sie erinnern sich?"

Andreas fing an, sich lautstark zu übergeben. „Ich... Ich kann heute nicht. Es geht mir nicht gut." Der Vorarbeiter schnaubte verächtlich. „Das heißt, Personalausfall für heute?" Andreas schnappte nach Luft. „Nicht nur heute."

Der Vorarbeiter legte auf. Andreas fiel zurück auf seine Couch und spürte, wie eine Feder sich in sein Rückgrat bohrte. Er erinnerte sich an den Gedanken, von einem der Löhne sich für etwa hundert Euro eine neue Schlafcouch zuzulegen.

Die Löhne würde er nicht mehr sehen. Dann stand er wieder auf und merkte, dass er es noch schaffen könnte, zur Bank zu gelangen und anschließend zum Arzt gehen könnte, um nicht noch unentschuldigt zu fehlen.

Er machte sich wieder fertig und verließ die Wohnung, diesmal motivierter, denn er konnte sich seinen Job sparen und noch ein Stück weit seine Zukunft retten, wenn er wenigstens eine Unfähigkeits-Bescheinigung vorweisen konnte. Er rannte über die Straße und beeilte sich, zu seiner Bank zu kommen und den aktuellen Kontoauszug ein zu sehen. Als er an dem Bankautomaten stand, steckte er mit zittrigen Fingern die Karte in den Schlitz und gab die Anweisungen an dem Terminal.

Sein aktueller Kontostand betrug knapp fünfhundert Euro.

„Wie geil! Tantiemen-Zahlung für meine Alben sind drauf! Der Monat ist gerettet!"

Monat für Monat kamen ein paar Beträge für die Verkäufe seiner Comic-Alben, aber bisher war es so mager, dass es eher Aufbesserung für sein Taschengeld war. „Scheint gerade so, als würde es endlich mal Bergauf gehen." Das ermutigte ihn, doch weiter zu machen mit seinem neusten Album. Er erledigte seinen Arztbesuch und hatte dort ebenfalls Glück. Sein Hausarzt war auf seiner Seite, glaubte nicht daran, dass der belastende Job das Wahre sei und schrieb ihn die ganze Woche über krank. Damit war er entschuldigt und konnte die Woche über etwas auf die Reihe bekommen. „Frei und Kohle drauf, was will man mehr?"

Andreas freute sich, dass der Montag doch noch auf seiner Seite stand und ihm nun eine Perspektive bot, die Woche und den März doch nicht zu hassen.

„Immerhin fünfhundert Euro für das letzte Album. Soviel hatte ich noch nie verdient."

Er machte auch noch ein paar Einkäufe und freute sich, dass er erst einmal wieder besser versorgt war.

„Und morgen das Paket abholen, ich will wissen, was das ist."

Dann schleppte er die Taschen mit den Einkäufen zu sich nach Hause und schmiss sich eine Pizza in den Ofen, machte die Flasche Wein auf und feierte seinen tollen Montag-abend-ausklang. Nebenbei ließ er auch seinen kleinen Fernseher laufen, überlegte sich ein paar Ideen, die er skizzenhaft auf Papier brachte und ließ im Hintergrund einen Spielfilm laufen, dem er nur sporadisch folgte. Die Handlung bekam er nicht mit, aber ein paar Ideen aus dem Film inspirierten ihn für neue Cartoons.

Aber sein derzeitiges Hauptwerk blieb dennoch etwas auf der Strecke, denn dafür wollte ihn nichts wirklich Brauchbares einfallen. Frosch und Bauernhof, ihm fiel dazu nichts ein. „Ein Frosch macht Urlaub auf einem Bauernhof und hat eine totale Blockade. Dann wird er vom Trecker überfahren und wird in die Hölle gesandt, wo er bittere Rache an den Mördern seiner Frau nimmt und vom Teufel persönlich wieder in die Welt der Lebenden getreten wird und auf dem Bauernhof gefürchtet wird als *James Konstantinople*, der Höllen-Flieser und am Ende erwacht der Trecker auch zu einem Eigen-Leben und geht mit dem Frosch James, sich amüsieren halt.

Aber am Ende verliebt sich der Frosch in einen Engel und sie führt ihn wieder zurück zu Gott, der ihn begnadet, weil er die Hölle gefliest hat mit den erlegten Dämonen, die sich dem Frosch in den Weg stellten.

Die Kids stehen auf so einen Schund. Nichts zum denken, aber dafür zum flotten Kitsch-Konsum brauchbar. Hab doch Ideen!"

Spät in der Nacht, berieselt vom Wein und seinen drei Pizzen ging es ihm dann doch sehr gut und legte sich zufrieden auf seine Couch und schlief schnell ein.

Es war finster und man konnte die Hand vor den Augen nicht mehr erkennen. Blind tapste er voran, stolperte über etwas Hartes, das am Boden lag. Er stürzte schwer und fühlte den sandigen Boden, der seinen Sturz etwas abbremste. Die Luft wurde ihm aus der Lunge gepresst und schnappte gierig nach neuer, frischer Luft. Es war kalt, aber trocken. Die Hände schoben sich vor und er fühlte den kalten Stein dicht vor ihm.

Er tastete sich langsam vor und bemerkte die grob behauene Wand. Er konnte sich abstützen und kam vorsichtig auf wackligen Beinen wieder auf die Füße, hielt sich aber dennoch weiter an der groben Mauer gestützt und bewegte sich langsam und vorsichtig weiter, fühlte die Mauer ab. Er spürte die Kante und glitt weiter an der Mauer entlang.

Der Boden unter seinen Füßen fühlte sich härter und gröber an, seit er um die Ecke gekehrt war. Ein paar Meter weiter fühlte er den Torbogen. Das schwere und massive Eichentor war geschlossen und er klopfte an. Vorsichtig und zaghaft, als hätte er Angst, etwas in der Dunkelheit auf zu scheuchen. Etwas, das ganz in der Nähe lauerte.

Fast unhörbar glitt das Tor auf und etwas Licht schien in dem großen Saal hinter dem Tor. Schwach konnte er die Schemen einer breiten Treppe erkennen und ein schwerer Kerzenhalter stand auf einem kleinen, antiken Tischchen. Eine vereinzelte Kerze brannte darin, fast schon abgebrannt. Das Licht reichte nur noch wenige Minuten, ehe die Kerze erlöschen würde.

Vorsichtig und mit zögernden Schritten betrat er den Saal.

Es war niemand anwesend. Als er in dem Saal stand, schloss sich hinter ihm das Tor fast ebenso lautlos, wie es sich geöffnet hatte.

Er schaute sich um, konnte außer mehreren Türen links und rechts von ihm im großen Saal nicht viel erkennen. Ein orientalischer Teppich, der den Großteil des Saales füllte, fiel ihm auf. So, wie er erkennen konnte, befand er sich in einem Schloss.

Ein einsames und verlassenes Schloss, dessen Bewohner noch nicht lange weg waren.

Gut erhalten und sauber. Er ging weiter und schaute sich den kleinen Tisch aus der Nähe an, erkannte, dass sich nur wenig Staub darauf gesammelt hatte und nahm den Kerzenständer, wollte sich damit den Weg leuchten, solange er noch Licht hatte.

Dann hörte er einen Schrei aus den Tiefen des Schlosses. Ein Schrecken durchzuckte seinen Körper und ließen ihn seine kurzen Haare zu Berge stehen.

„Hallo?! Ist hier jemand?"

Erst jetzt kam er auf die Idee, sich bemerkbar zu machen und hoffte, dass nette Bewohner anwesend waren.

Der Schrei war möglicherweise von einer Katze ausgegangen. Nichts beunruhigendes. Trotzdem hatte er Angst.

Niemand reagierte auf sein Rufen.

Er ging zur Treppe und schaute nach oben, konnte in der Dunkelheit nichts erkennen. Er drehte sich zu der rechten Wand um und schaute sich die Türen an, die alle geschlossen waren. Er ging zu einer der Türen, die direkt vor ihm lag und versuchte, sie zu öffnen.

Leicht und ohne Geräusche glitt sie auf. Ein weiterer Schrei kam aus den Tiefen des Schlosses, grauenvoller, lang anhaltender und gequälter als der vorherige Schrei.

Eine schleimige und dunkle Flüssigkeit rann von den Wänden.

Er schreckte zurück und schrie. Die abgebrannte Kerze zischte und und das Licht wurde kleiner.

Die zähflüssige Masse rann von allen Wänden und wurde stärker, rann plötzlich schneller, sammelte sich am Boden und breitete sich in einer Lache schnell aus. Er rannte zum Tor, aber auch das Tor war durchzogen von dem dunklen Schleim. Er merkte, dass er keine Schuhe trug und barfuß den Schleim berührte, der ätzend auf seinen nackten Sohlen zischte. Schreien sprang er zurück und prallte mit etwas zusammen. Er drehte sich um und schaute in die hässliche Fratze eines Ungeheuers, die Fratze erinnerte ihn vage an einen Frosch mit einem Reißzahn bewehrten und breiten Maul. Eine dicke Zunge schnellte hervor und umwickelte seinen Hals. Der Schleim auf der Zunge zischte bei der Berührung mit seinem Hals, wo er die Haut berührte. Seine Lumpen zersetzten sich an den Stellen, wo die Zunge sein Hemd berührten. Ätzender Verdauungsschleim rann von der Zunge des Frosch-Ungeheuers den Körper des Jungen herunter und zersetzten ihn bei lebendigem Leibe. Dann erlosch die Kerze und es wurde dunkel.

Andreas schrie. Er lag neben der Couch auf dem Boden und wand sich in dem Müll, der sich im Zimmer ausgebreitet hatte und kaum Stellen bot, wo man den Teppich erkennen konnte. Es war noch dunkel, aber gedämpftes Licht von der Straßenbeleuchtung drangen in sein halb verhangenes Zimmerfenster herein und ermöglichten ihn etwas Sicht zur Orientierung. Sein Puls raste und sein Schädel brummte.

Reste von dem Wein-Rausch waren noch zu spüren und der Magen verkrampfte sich. Auch die Pizzen machten sich bemerkbar. Andreas versuchte, sich auf zu raffen und musste würgen. Er schaffte es nicht rechtzeitig auf die Toilette und erbrach in dem kleinen Flur zwischen seinem Wohn- und Schlafraum, der Abstellkammer und der kleinen und heruntergekommenen Küche. Dann wischte er sich mit dem Ärmel über den Mund und taumelte zu seinem kleinen WC, öffnete den Toiletten-Deckel und erbrach ein weiteres Mal.

Seine Knie gaben nach und er rutschte auf den Boden. Dann hing er eine ganze Weile seine Toilette umarmend im Bad und kam mit seinen zittrigen Beinen nicht hoch.

Er blieb liegen, bis er sich beruhigt hatte und ihm eine Menge Gedanken durch den Kopf zogen.

Seit geraumer Zeit wurde er von Alpträumen geplagt. Schlafen konnte er nur selten ohne nennenswerte Unterbrechungen.

Das ging schon seit ein paar Jahren so.

Auslöser waren damals unangenehme Erfahrungen und schlimme Erlebnisse in seiner Jugend, die er weitestgehend verdrängt hatte, aber in seinen Träumen rang er um die Bewältigung der erniedrigenden Erfahrungen und das Unrecht, das man ihm angetan hatte.

Hinzu kamen noch andere Dinge, über die er nicht reden konnte und wollte.

Er hatte des öfteren Erfahrungen sammeln können mit übernatürlichen Vorgängen und Begegnungen mit Geistern.

Vorsichtig versuchte er Menschen zu finden, denen er sich anvertrauen konnte und fand sie nicht. Keiner nahm ihn ernst, sondern nur als Opfer und Sündenbock, bis er sich ganz distanzierte und in seinen Traumwelten lebte, die er ebenfalls künstlerisch in Szene setzen wollte.

Sein Hang galt dem Genre Horror. Fand damit aber keine besondere Aufmerksamkeit und fing dann an, sich lustigeren und komischeren Themen zuzuwenden, die ein etwas breiteres Publikum finden sollte. Der Erfolg hielt sich stark in Grenzen und ließen ihn in Selbstzweifel und Selbstmitleid versinken.

Er fühlte sich wie der Versager, den die Welt verstoßen hatte und von seinem Umfeld gestärkt wurde, falls er nicht mit sturer Ignoranz abgespeist wurde.

Als er nicht mehr erbrechen konnte und das Würgen nachgab, torkelte er unbeholfen in die Küche und setzte einen Kaffee auf.

Als der Kaffee durch die Maschine lief und sich die dunkle Flüssigkeit in der Glaskanne sammelte, bereute er es direkt wieder. Er fühlte, wie sich sein Magen verkrampfte und er erneut anfing, zu würgen.

Andreas stellte die Kaffeemaschine ab und ging zum Waschbecken, spritzte sich kaltes Wasser in sein Gesicht und hoffte, dadurch etwas wacher und lebendiger werden zu können.

Das kalte Wasser tat ihm gut. Andreas atmete tief und gleich mäßig durch, beruhigte sich etwas und konnte das Würge Gefühl über winden.

Etwas mehr kaltes Wasser, das ihm seine restliche Müdigkeit nahm und ihn etwas lebendiger fühlen ließ. Dann ging er in sein Zimmer zurück und suchte nach frischer Unterwäsche und wollte sich frisch und sauber fühlen. Gut gelaunt in den Tag starten. Er fand keine, die angemessen gewesen wäre und packte eine Plastik-Tasche mit schmutziger Wäsche, die er im Wasch-Salon waschen wollte, denn er hatte es dringend nötig, dem Verfall in seinem Leben entgegen zu wirken.

Der Morgengrauen ließ noch auf sich warten und es war noch viel zu früh. Nervös rannte er im Kreis herum, stieß etwas Müll, das auf dem Boden verstreut lag, mit dem Fuß beiseite.

Wenigstens hatte sich sein Magen beruhigt und nach etwa einer Stunde Untätigkeit, versuchte er es erneut mit dem Kaffee. Diesmal hatte er mehr Erfolg, sein Magen ließ ihn in Ruhe und er konnte etwas wacher und gelassener werden. Die Nervosität kehrte allerdings schnell wieder zurück, als er das gelbe Kärtchen von der Post sah, da er unbedingt die Postsendung sehen wollte.

„Vielleicht ist es auch einfach nur irgend ein Werbe Mist, den ich nicht brauche und will. Bilde dir nichts drauf ein."

Er führte in letzten Zeiten häufiger Selbstgespräche und merkte, daß er zu viel in seinem Schneckenhaus hing und den Bezug zur Gesellschaft verlor. Nervös fing er an, etwas Müll aus seiner Wohnung heraus zu tragen und bekam etwas Lust, seine Bude auf klar Schiff zu bringen, denn er hatte es dringend nötig. Nach einer Weile verlor er wieder die Lust, hatte es aber etwas angenehmer gemacht und merkte die Auswirkung auf seine Laune.

Langsam wurde es auch heller und nach zwei weiteren Tassen Kaffee konnte er in die Stadt und seine Erledigungen machen. Erst ins Wasch-Salon, dann noch etwas einkaufen und anschließend zur Post. Verlief alles reibungslos, ohne nenneswerte Vorkommnisse und als er mit einem kleinen Päckchen in seinen Händen die Post verließ, hielt er es nicht mehr aus und öffnete das Paket direkt auf der Straße. Irgend ein mulmiges Gefühl überkam ihn und ließ seine Hände zittern.

Eine Art sechster Sinn überkam ihn und er fing an, zu schwitzen. Dann griff er in das Paket und fand eine seltsam kühle und glatte Statue, die nur wenige Zentimeter groß war, sowie einen Brief auf braunem Pergament.

Den Brief steckte er in die Jackentasche und schaute sich die Figur an. Ihn wunderte es nicht, aber es erschreckte ihn doch. Er schaute in das breite Froschmaul seines Alptraumes.

Das Monster, das ihn seit einiger Zeit verfolgte, grinste ihn nun in Form einer Statue an. Andreas riss sich zusammen und ging mit schnellen Schritten Richtung seines Wohnortes. Das Schreien, das ihm fast aus gerückt wäre, konnte er mit knapper Mühe und Not unterdrücken.

Als er in seiner Wohnung stand, kramte er den Brief hervor, aber konnte ihn nicht lesen, denn er verstand die Schriftzeichen nicht. Es waren nur wenige Sätze, aber er hatte keine Ahnung, was sie bedeuten sollten. „Vielleicht so etwas wie ein Fluch, oder eine Warnung." Er stellte die Statue auf seinen Arbeitstisch, kramte Papier und Stifte hervor und fing an, zu zeichnen. Wie ein Besessener zeichnete er und vergaß die Zeit.

3.

Erschöpft schaute Andreas auf und sah zum Fenster, blickte nach draußen. Nach dem Stand der Sonne zu urteilen, war es früher Abend. Er schaute auf das Display seines Handys und merkte, dass der Akku leer war. Dann stellte er es auf die Ladestation, spürte seinen Hunger, den er direkt an einer dreier Packung Pizza auslassen wollte und in der Zwischenzeit, die die Pizzen im Ofen brauchten, schaute er sich seine Zeichnungen an. Vor ihm lag ein fast vollständiges Comic-Album mit knapp vierzig Seiten und je mehr er sich davon anschaute, desto mulmiger wurde ihm.
„War ich das? Ich war besessen oder so etwas in der Art. Ich dachte, so etwas gäbe es nur in Filmen."
Andreas wusste, das er Geistesgestört war und kaum jemand mit ihm zu tun haben wollte, deswegen wunderten ihn seine Reaktionen nicht sonderlich.

Der Geschichte fehlte allerdings das Ende und die Charaktere der Geschichte waren eher platt und langweilig, aber die Story kamen ihm seltsam vertraut vor. Er gab sich Mühe, noch ein halbwegs tolles Ende für das Album zu finden und schaffte es noch am selben Tag, sein Album im Copyshop zu fotokopieren und direkt versandfertig zu machen und an den Verlag zu schicken, der seine Alben publizierte.
Am Abend war er ruhiger, stellte aber durch einen Blick auf eine Tageszeitung fest, dass es bereits drei Tage später war, als er vermutete.
„Wie lange habe ich an dem Album gesessen ohne Pausen? Kann nicht sein!" Eine junge Frau, recht hübsch und in edlem Latex-outfit wich ihm aus, mit der er fast zusammen gestoßen wäre und sie ihn direkt an maulte, er solle nicht im Weg stehen. Andreas wich aus und ersparte sich ein Kommentar. Er wusste nicht, ob er zornig und patzig reagieren sollte oder ob ihn die Augen aus dem Kopf fallen sollte. Er war von ihrer Schönheit beeindruckt, sie zeigte ihm die kalte Schulter, wie eigentlich alle Frauen.
Andreas schaute ihr hinterher, blieb stehen und sagte nichts. Vergessen war seine Statue, seine komischen Träume und sein gerade ein gesendetes Album über dieses komische Monster, das ihn seit Tagen Kopfschmerzen bereitete.
Die Frau blieb an der Häuserwand stehen und schaute sich um, sah auf der gegenüberliegenden Straßenseite ein Café und beeilte sich, dort herüber zu laufen und setzte sich an einen freien Tisch. Andreas zog es zu ihr.
Er ging ebenfalls zu dem Café und nahm ein Platz in ihrer Nähe. Nach langer Zeit fühlte er wieder dieses Kribbeln, dieses Verliebt sein, das er das letzte Mal hatte, als er siebzehn war. Zwanzig Jahre etwa ganz allein gelebt, ohne Gefühle für ein wunderschönes Geschöpf. Nur gelebt in seiner Kopflastigkeit, die ihn über große Zeitabstände auch eher hinderlich war und ihm auch bewusst wurde, wie viel Zeit er in seinem Leben verschwendet hatte.
Er glaubte, das sich nun das Schicksal rächen wollte, als Folgen falschen Stolzes. Oder falscher Unzulänglichkeiten. Er wusste es nicht. Verliebt schaute er zu ihr herüber und war sich sicher, dass sie seine Blicke bemerkte, aber es nicht zeigte.
Sie ignorierte ihn völlig.
Andreas bestellte sich eine Cola und wartete, schaute ihr zu. Sie schien auf jemanden zu warten, der sich allerdings Zeit lies. „Wurdest Du versetzt?" Ehe sich Andreas versah, rutschte ihm die Frage heraus und machte Anstalten, näher zu kommen. Sie schnaubte verächtlich, antwortete aber nicht.

Andreas lies sie in Ruhe und wurde rot. Ein schlechtes Manöver, wie er heraus stellte. Er nippte an seiner Cola und versuchte, unauffällig zu sein und wäre am liebsten lautlos im Boden versunken.

Dann näherte sich ein groß gewachsener Typ dem Tisch mit der Hübschen, schien wohl weit eher ihr Typ zu sein, als es Andreas je hätte sein können.

Der Typ grinste, begrüßte sie höflich und sie schien erfreut zu sein, ihn zu sehen.

„Danke, dass Du endlich aufgekreuzt bist. Wo warst Du so lange?" Der Typ setzte sich und bestellte ebenfalls etwas bei der Bedienung.

„Es tut mir leid, aber es hat etwas gedauert. Ich wurde aufgehalten."

Die Frau kramte in ihrer Handtasche herum. „Nicht hier. Lass uns zu einem sicheren Ort." Die Frau reagierte in einer Weise, die Andreas nicht erkennen konnte, da sie zu ihm mit dem Rücken saß.

„Du meinst aber nicht, zu dir. Oder?"

Der Typ grinste breiter als das Froschwesen in Andreas Träumen. Zumindest kam ihm das so vor.

„Ich habe ein schönes Apartment in der Gegend. Warum nicht? Dir wird es gefallen."

Die hübsche Frau winkte ab. „Nein danke, ich habe keine Lust heute, verführt zu werden. Lass mich in Ruhe und kommen wir zum Geschäft." Der Typ wirkte mit einem Male finster.

„Na gut, dann eben nicht. Aber jammere mir keinen vor, ich hätte dir kein großzügiges Angebot gemacht."

Die Frau wurde wütender und rang mit ihrer Fassung.

„Ich kenne deine Großzügigkeit und habe kein Interesse. Danke. Ich will die Sache hinter mich bringen und dann verschwinden. Freu dich, wir werden uns nicht wieder sehen."

Die Bedienung kam mit dem Getränk und stellte sie dem Typen auf den Tisch, räumte im Umfeld weitere Gläser ab und kam dann zu Andreas. „Noch etwas zu trinken?" Andreas schaute auf, wurde aus seinen Gedanken gerissen. „Öhhm, ja. Gerne. Noch eine Cola, bitte." Die Bedienung ging und Andreas folgte den beiden weiter, aber bekam zu seinem Pech noch mit, wie die beiden aufstanden und das Café verließen. Er griff sie unter dem Arm, aber sie wehrte ihn missmutig ab. „Finger weg von mir!" Der Typ zuckte zurück.

„Was bist Du so widerspenstig? Erlebe ich selten bei Frauen wie dir."

Sie schlug ihm eine Backpfeife und anwesende Passanten schauten den beiden ebenfalls interessiert zu. „Wir erregen zu viel Aufmerksamkeit. Lass uns gehen und alles weitere nachher klären." Die hübsche Blondine pfiff verächtlich durch die Zähne.

„Hoffentlich geht es schnell und dann brauch ich dich nicht wieder zu sehen. Lebe wohl und lass mich in Ruhe."

Der Typ war Körbe nicht gewohnt, wie es den Anschein machte und er ließ nicht locker, aber beide verließen den Ort und schienen es recht eilig zu haben, weg zu kommen. Andreas sprang kurz entschlossen auf, ein intuitiver Impuls, dem er folgte.

Er wollte den beiden folgen, wusste aber selber nicht so genau, warum. Er wollte es einfach nur.

Die beiden gingen recht zügig und Andreas hatte Mühe, Schritt zu halten. Sie verschwanden hinter der nächsten Häuser-Ecke und Andreas hechtete die letzten Meter, kam aber dabei ins Schnauben. Jahrelang auf den vier Buchstaben gehockt, machten sich auf seine Konstitution schnell bemerkbar. Er war nicht einmal mehr in der Lage, mehrere Meter zu sprinten, ohne ins Keuchen zu geraten. Sport hat er noch nie sonderlich gemocht, sah man auch seiner Figur an.

Als er um die Ecke blickte, sah er, wie vier Männer mittlerer Größe und asiatischer Herkunft die beiden an einem flotten Sportwagen bedrängten. Der Typ versuchte, sich zu wehren, wurde aber mit zwei schnellen Schlägen eines der Männer auf den Bürgersteig geschickt, wo er keuchend liegen blieb und sich vor Schmerzen krümmte. Die hübsche Frau wurde in das Auto gezerrt, wobei ihr der Mund zugehalten wurde. Der flotte Sportflitzer brauste direkt ab und Andreas beeilte sich, zu dem Typen zu gelangen. „Brauchen Sie Hilfe?"

Andreas erreichte ihn und der Typ schaute zu ihm hoch.

„Ich hab das alles mitbekommen und kann auch vor der Polizei aussagen, das war eine Entführung. Ich würde Anzeige erstatten."

Der Typ versuchte, auf zu stehen und kam mit Mühe auf die Beine.

„Vielleicht kann ich dich brauchen, je nach dem, wie Du dich anstellst. Keine Polizei.

Ist was Persönliches." Andreas schaute ihn verwirrt an. „Sie sind sich absolut sicher, dass das eine gute Idee ist, die vier einfach mit dem Mädel entkommen zu lassen?" Der Typ winkte ab. „Es geht um etwas, das weder Du noch sonst wer versteht. Sie benutzen dieses Mädel als Lockvogel und Druckmittel, um an etwas heran zu kommen, dass sie begehren. Es sieht auch ganz danach aus, dass sie bekommen werden, was sie möchten. Ich hätte mich nicht drauf einlassen sollen."
Andreas fragte weiter nach.

„Und das wäre?" Der Typ holte tief Luft, rang mit der Fassung oder wollte einfach nur den Schmerz los werden.
Andreas konnte es nicht ganz einschätzen. „Ein Erbstück, dass mir geschickt wurde. Ein Erbstück, dass auch ihr geschickt wurde. Sie wollen es haben." Andreas war verblüfft.
„Und das erzählst Du mir so freizügig?"
Der Typ lachte auf. „Wenn da etwas dran ist, wird dir sowieso niemand glauben. Wertloser Kram aus einem Trödel-Laden, zumindest in seiner materiellen Entsprechung. Die Dinger sind magisch."
Andeas pfiff anerkennend durch die Zähne.

„Ich dachte schon, ich sei der Einzige, der einen an der Klatsche hat. Bist Du Künstler?" Der Typ schaute ihn etwas irritiert an. „In gewisser Weise ist das gar nicht mal so abwegig." Beide gingen ein Stück weiter in eine entgegen gesetzte Richtung, als Andreas vor gehabt hätte, aber folgte trotzdem. „Willst Du nicht mit zu mir kommen? Scheinst zwar ein unauffälliger Trottel zu sein, aber irgendwie habe ich das Gefühl, dass Du soweit in Ordnung bist. Dir glaubt sowieso keiner. Wenn Du nicht in Schwierigkeiten geraten möchtest, hälst Du auch über alles, was Du über mich weißt oder erfährst, das Maul. Hoff, ich war deutlich."
Andreas verstand, nickte nur und folgte dem Typen. „Dany's Handspiegel haben sie bereits. Mein Erbstück wollen die und sie wissen, dass es noch zwei weitere, wie sie es nennen, Artefakte gibt. Aber sie haben keine Anhaltspunkte, nur dass sie hier irgendwo in der Stadt oder im Umfeld sind. Mit etwas Glück fügt sich die Prophezeiung, wie sie sagen."
Andreas wurde neugierig. „Prophezeiung? Artefakte? Erzähl mir mehr darüber, ich bin echt neugierig." Der Typ schaute ihn an, blieb stehen und starrte Andreas tief in die Augen. „Ich weiß nicht, ob ich dir trauen kann, nur weil Du dumm wirkst und sich keiner für einen wie dich interessieren würde, aber zu viel solltest Du auch nicht wissen.
Habe es auch nicht geglaubt und vor den Warnungen gelacht, aber ich habe gestern Abend einen guten Freund wegen der Sache verloren. Sie haben ihn umgelegt." Andreas war entsetzt. „Und bist Du zur Polizei?" Der Typ überquerte mit Andreas die Straße und Andreas sah, dass sie in einer nobleren Gegend mit den Luxus-Appartments von Duisburg gelangt waren.
„Hier wohne ich zeitweise. Mein Drittwohnsitz, wenn man es so will."
Er schloss eine edelverzierte Haustür auf, als sie vor einem noblen Bungalow standen, den sich nur Gutverdiener leisten konnten. „Drittwohnsitz? Sind deine Eltern Goldesel oder so etwas?" Der Typ trat ein und lachte. „Habe ich mir Großteils selber verdient. Andreas folgte ihm und der Typ schloss hinter Andreas die Tür. „Zum Teil mit Kunst, aber eher wenig. Ich bin Dealer und verkaufe Waffen und Drogen, die ich im Umfeld absetze. Verdiene gut daran, weil ein Großteil meiner Kundschaft entweder einem Verbrecher Clan angehört oder zu einer Rocker Gang gehört." Andreas blickte sich erschrocken im geräumigen Wohnraum um. „Ich kann aber nichts davon entdecken." Der Typ grinste. „Hab ich auch gar nicht hier, aber das spielt auch keine Rolle. Und ich deale auch mit geraubten Kunstschätzen.
Das bringt ein paar Tausender mehr auf die Tasche, weil ich auch einen aufwändigen Lebensstil zu finanzieren habe." Andreas setzte sich auf die creméfarbene Couch. „Und was sind das jetzt für Erbstücke?" Der Typ schenkte zwei Gläser einer Rum Sorte ein und reichte Andreas ein Glas.
„Prost." Der Typ nippte daran und verzog sein Gesicht.
„Übrigens. Mein Name spielt keine Rolle, aber Du darfst mich Fati nennen." Andreas schüttelte seine Hand und nippte anschließend an seinem Glas. Der Rum schmeckte bitter und Andreas verzog das Gesicht. „Und warum weihst Du mich jetzt in dein Leben ein?" Fati drehte sich zu einer breiten und flachen Kommode um und wühlte in der oberen Schublade herum.
„So traurig es ist, aber Du warst der Einzige, der dumm genug war, sich für mich zu interessieren."

Du wärst schleunigst davon gelaufen, wenn Du dir hättest Ärger ersparen wollen oder dich aus allem heraus halten wolltest, wie alle anderen Passanten." Andreas schluckte.

„Wegen dem Erbstück meine ich, weil es an dem selben Tag geschieht, wo ich etwas geschickt bekommen habe, das ich nicht verstehe. Dann diese Begegnung mit dir. Fehlt der Zusammenhang, ich weiß, aber es wirkt gerade alles so skurril und komisch. Ich bin übrigens Comic-Zeichner und auf der Suche nach tollen Ideen für neue Alben und so, Du verstehst?"

Fati wurde stutzig. „Dann mal doch ein Comic von mir, so wie ich mich an einem verkorksten System räche und nebenbei noch etwas gegen den Abschaum unternehme."

Fati drehte sich wieder zu Andreas um und hielt einen langen, schmalen Dolch in seiner Hand. Der Dolch sah antik aus, etwas älter. Enthielt Gravuren am Knauf, die Andreas nicht kannte. „Ein Opferdolch aus Anatolien. Sechzehntes Jahrhundert. Da sind Leute hinterher, aber warum habe ich nicht begriffen. Ist ein Erbstück, das mir geschickt wurde mit der Post. Absender unbekannt. Und was ist mit dir?"

Andreas bekam den Mund nicht zu und merkte, wie ihm ein Speichelfaden aus dem Mund troff. „Keine Ahnung, was es mit diesem Dolch auf sich hat, aber wirst Du mich damit jetzt opfern wollen, weil ich zu viel gesehen habe oder so etwas in der Art?"

Fati lachte. „Keine schlechte Idee, merke es mir für später. Da sind die Kerle hinter her, die gerade Dany entführt haben und die glauben halt daran, dass es eine Verbindung zwischen diesem Dolch hier gibt und einem versilberten Handspiegel, der in Dany's Besitz gelangte.

Mehr weiß ich dazu auch nicht. Magische Kräfte hab ich daran keine entdeckt, nur dass ein paar verrückte Fanatiker uns deswegen jagen. Wie gesagt, ich hab gestern einen guten Freund verloren, konnte mich aber wehren und zwei der Angreifer unschädlich machen. Was hast Du denn geerbt, wo Du es gerade erwähntest? Vielleicht stecken wir gerade in dem selben Boot und merken es jetzt erst. Deswegen auch die Begegnung. Es war halt Schicksal."

Andreas schluckte, versuchte, die trockene Kehle mit einem tiefen Schluck Rum zu befeuchten und musste husten.

Fati grinste und schenkte nach. „Guter Stoff, oder?" Andreas konnte dem nicht widersprechen und schluckte gierig die brennende Flüssigkeit runter. Wären in dem Rum irgendwelche Drogen oder K.O. Tropfen, wäre er längst eingeschlummert.

Der Alkohol war ansonsten sauber, aber brachte ihm die Lebensgeister zurück und er fasste Mut, sich mit Fati näher zu beschäftigen. „Wir sollten diese Dany da raus holen, nur wie stellen wir es an? Sollen wir den Verbrecher Fanatikern da die Sachen geben mit der Bitte, uns in Ruhe zu lassen? Warum jagen sie dich?" Fati ignorierte die Fragen.

„Was hast Du denn geschickt bekommen?" Die Frage war direkt und überraschte Andreas. „Ich meine, die suchen ja immerhin noch zwei weitere Artefakte und es könnte sein, dass Du ebenfalls im Besitz eines Dinges bist, weswegen die so ein Trara machen, warum auch immer, aber bisher nur Dany und mich finden konnten. Waren vielleicht auf der falschen Party, hatte gestern auch etwas intus, dass ich mir hätte sparen sollen, hätte ich Ärger vermeiden sollen." Fati schien mit einer Pistole beschäftigt zu sein und Andreas wurde es mulmig, als er realisierte, wo er gerade herein geraten war. „Ich bin übrigens Andreas."

Fati nickte und lud seine Knarre durch. „Brauche ich wahrscheinlich, die Typen da sind gefährlich, verstehen keinen Spaß und sind Fanatiker. Vielleicht haben wir etwas, das ihrem Glaubens-Dogma im Weg steht. Die wollen die Wirklichkeit nach ihrem Bilde haben und verräterische Ketzereien werden vertuscht, vernichtet und tot geschwiegen, wie es im Grunde alle Religionen tun, wenn etwas auftaucht, dass nicht in ihr Doktrin passt."

Andreas stand auf und drehte sich um. „Wo finde ich hier die Toilette?" Fati zeigte mit dem Finger auf den schmalen Flur. „Zweite Tür links." Andreas ging und suchte das WC auf, fand es auf Anhieb und war über das Farbenspiel im Gäste-WC erstaunt. Blaues Licht übertönte abwechselnd rotes Licht und spielte mit Farbmustern an der Decke.

Andreas entleerte seine Blase, ihm war schwindelig und er wünschte, er wäre auf seiner vermüllten Couch zu Hause liegen geblieben und alles hätte sich nicht ereignet, denn er hatte kein ernsthaftes Interesse an einem Abenteuer mit schiesswütigen Extremisten und Glaubenskriege um billige

Artefakte, die aussahen wie Sperrmüll oder unwichtigen Unrat und dafür starben Menschen. Andreas merkte, wie er zitterte und seine Beine weich wurden. Er unterdrückte seine Angst und kehrte ins Wohnzimmer zurück. „Mein geschicktes Erbe, ja. Kann ich noch ein Glas haben?" Andreas merkte, wie die betäubende Wirkung des Drinks seine Nerven beruhigte und ihm etwas die Spannung nahm.

Fati schenkte nach und Andreas nahm gierig einen Schluck. „Ich habe eine Statue geschickt bekommen, die Form eines Wesens, halb Frosch, halb Mensch. Wusste gar nicht, dass Frösche Reißzähne haben und für Fliegen fressen keine Zähne brauchen, eher so eine lange und klebrige Zunge." Fati konnte mit der Information nicht viel anfangen und runzelte die Stirn.

„Froschstatue? Sagt mir nichts. Die Gegenstände, nach denen der Clan da sucht, weiß ich nicht. Dolch, Spiegel, Statue. Hmm, ergibt für mich keinen sonderlichen Sinn. Außer, wir beziehen das Bindeglied mit ein, dass wir noch nicht gefunden haben. Dann vielleicht. Deine vertrottelte Schwester vielleicht?"

Andreas wurde sauer und der Alkohol vom Rum schlug an. „Ich habe keine Schwester. Wieso sollte sie vertrottelter sein als Du?" Fati grinste. „Ok, gut gekontert, wir sollten Dany suchen gehen und sie da raus holen." Andreas holte tief Luft. „Wir? Mich hat sie nicht einmal mit ihrem Allerwertesten angesehen, was habe ich eigentlich damit zu tun? Regelt das doch selber, vielleicht habe ich auch gar nichts mit am Hut."

Andreas fiel auf, dass er den Brief, als er ihn nicht entziffern konnte, wieder in die Tasche gesteckt hatte und holte ihn fast automatisch hervor. „Was ist das?" Fati beobachtete ihn. „Ich weiß es nicht. Ich kann es nicht lesen, aber vielleicht weißt Du damit etwas an zu fangen? Ich hab mir Mühe gegeben, aber ich kenne die Schriftzeichen nicht."

Fati streckte die Hand nach dem braunen Pergament aus. „Lass mal sehen." Fati schaute drauf und runzelte die Stirn. „Sieht auf jeden Fall so aus, als wäre es irgendwo aus dem asiatischen Raum. Thailand?" Andreas wusste darauf keine Antwort und zuckte mit den Schultern. „Vielleicht können die Entführer dieser Dany was mit anfangen? Vielleicht brechen die ja direkt einen Krieg vom Zaun, so mit geschmuggelten Massenvernichtungswaffen und so, killen ganze Großstädte, nur um sicher zu gehen, dass sich keine Kopien im Umlauf befinden?"

Fati verzog das Gesicht.

„Scherzbold."

Aber er wusste, dass der komische Comic-Zeichner gar nicht so dumm war, wie er ihn gerne halten würde.

Fati merkte, dass der kleine und fette Zeichner nicht das war, wonach er aussah und er auch seine Oberflächlichkeiten überwinden musste, wollte er das Rätsel lösen, oder er merkte schnell, dass er mit dem dicken Typen, der ihm das Pergament reichte, einfach nur Zeitverschwendung war. Fati war sich dessen nicht sicher und er versuchte es mit Geduld und weitere Informationen sammeln. „War das Schriftstück alles? Du erwähntest eine Statue. Wo ist die?" Andreas fühlte an seinen Taschen.

„Hab ich wohl verloren als ich auf dem Klo saß. Passen jetzt bestimmt komische mutierte Schildkröten drauf auf, die gern Pizza in der Kanalisation fressen und sich für Ninja halten und die Welt retten."

Fati ging rasch zum Fenster und schaute vorsichtig hinaus. Da war ein Geräusch. Wir müssen gehen. Versuchen wir, Dany da unbeschadet raus zu holen und dann sehen wir mal, was es mit den Erbstücken auf sich hat, vielleicht finden wir ja etwas heraus darüber. Beispielsweise, wer es uns vermacht hat und vor allem einen Übersetzer für dieses Pergament. Wären wir auf jeden Fall einen Schritt weiter."

Andreas wurde es weiter mulmig. Er hatte kein Bock, mit einem Bewaffneten herum zu hängen und von irgendwelchen Triaden, Clans oder Mafiosi in einen Schusswechsel verwickelt zu werden wegen ein paar Dingen aus einer Pfandleihe oder ähnliches.

„Ich muss mal dringend nach Hause." Ein ungutes Gefühl ergriff Andreas, denn ihm kam schlagartig in den Sinn, dass Ninjas oder ähnliches seine Wohnung durchwühlten und das ganze Haus in die Luft sprengen wollten wegen der Statue. Oder vielleicht auch Schlimmeres.

„Du kannst hier gerade nicht weg, wir werden beschattet und beobachtet. Die sind hinter uns her." Andreas erfreute es und er griff nach der Flasche mit dem Rum.

„Du solltest dich jetzt nicht maßlos besaufen, wir haben Ärger und brauchen eine gute Wahrnehmung, sonst bist Du schnell tot."

Andreas zog einen gierigen Schluck rein. „Macht die Sache hier bei dir aber erträglicher. Hätte ich heute das Haus nicht verlassen, wäre mir so etwas nicht passiert." Irgendetwas klirrte, aber es bezog sich nicht auf das Grundstück, in dem Fati und Andreas sich aufhielten.

„Sie suchen in der Nachbarschaft, vielleicht können wir doch ungesehen heraus. Hast Du eine Waffe?"

Andreas schaute Fati erschrocken an.

„Ich kämpfe nicht und will auch nicht töten. Danke. Ist mir die Sache nicht wert. Ich gehe lieber zur Polizei, erstatte Anzeige und freu mich, wenn der Erlös der Sachen noch Pizza und Bier heraus bringt. Mal sehen, vielleicht verkauft sich sogar mein Album und es gibt noch ein Grund, warum ich überhaupt noch lebe. Wenn nicht, verrotte ich als Feigling im eigenen Dreck. Wäre mir sowieso irgendwann passiert. Aber auf herum ballern lege ich keinen Wert, sorry." Fati ermahnte ihn, ruhig zu sein. „Die schnüffeln hier herum, versteck dich." Andreas bekam Angst und er hoffte, dass die Sache glimpflich ausgehen würde, ohne Blut, Schmerz und Schrei. Ein Ausweg, der ihn morgens wieder wach werden ließ, auf seiner geliebten und verdreckten Couch.

„Ich bin nicht so der abgestumpfte Krieger, hab noch nie getötet oder verletzt, will es auch nicht." Fati winkte ab.

„Dann halt das Maul und mach dich unsichtbar!" Andreas beeilte sich, das Zimmer zu verlassen und sich ein gutes Versteck zu suchen, fand die Treppe zu dem oberen Bereich und stellte freudig fest, dass der ausgelegte Teppich seine Schritte dämpfte.

Andreas fand mehrere Möglichkeiten für ein Versteck, aber ehe er sich eines davon aussuchen konnte, zerdepperte eine Glasscheibe und dann ging alles sehr schnell. Drei oder vier Schüsse knallten mit Ohren betäubender Wucht durch den unteren Bereich und ein ersticktes Gurgeln folgte darauf hin, aber es war nicht Fati.

Dann zwei weitere Schüsse. Andreas wagte sich an den Rand der Treppe und beobachtete das Geschehen aus einer Entfernung, die zur Zeit noch halbwegs sicher war, aber nicht lange sein würde, sollten die Gegner Fati überwältigen.

Es sah so aus, als wäre der Dealer fähig, auf sich auf zu passen. Ein Eindringling, der nach rücken wollte und durch die zerbrochene Fensterscheibe steigen wollte, wurde schnell und ruhig von Fati zum Schweigen gebracht. Andreas sah, dass zwei Leute erschossen in einer Blutlache vor dem Fenster auf dem Rasen lagen, ein weiterer im Würgegriff von Fati. der zornig seinen Gegner würgte. „Jetzt erzähl mal, was wollt ihr?"

Der Gegner antwortete nicht und röchelte nur. „Ich kann dich nicht hören und habe richtig Lust, dir das Genick zu brechen. Alles klar? Habe keine Zeit für Ratespiele. Reicht, wenn die Bullen euch hier finden. Lasst mich in Ruhe und gebt mir meine Freundin wieder, alles soweit verstanden?" Der Gegner im Würgegriff von Fati nickte.

„Also, was wollt ihr?" Fati bekam keine Antwort und Andreas wagte sich, die Treppe herab zu steigen und sich den Typen näher an zu sehen. Dann hielt er dem Verbrecher das Pergament unter die Nase. „Kannst Du damit etwas anfangen?" Der Verbrecher schaute das Pergament an, bekam große Augen, fing an, hysterisch zu schreien und wand sich gegen Fatis eisernem Griff. Er wurde so wild, dass Fati sich weigerte, locker zu lassen und der Verbrecher sich durch sein heftiges Winden selber das Genick brach.

„Er wollte nicht auspacken, aber er hat darauf reagiert. Wir gehen jetzt besser und zwar schnell." Fati sprang durch das kaputte Fenster auf den Rasen und rannte los. Andreas bemühte sich, mit zu kommen, hatte aber Mühe und stellte sich sehr tollpatschig an. Dann drehte sich Fati zu dem Haus um, zog etwas aus seiner Jackentasche und schmiss es durch das Fenster.

„Lauf schneller!" schrie er Andreas zu und Andreas erreichte gerade die Büsche an der Grundstücksmauer, als ein heftiger Blitz durch die Scheibe mit einem lauten Knall folgte und den Bungalow mit einer Stichflamme in Brand setzte. „Wir haben unsere Fingerabdrücke hinterlassen.

Reicht, wenn die Bullen die verkohlten Leichen der Typen da finden." Fati öffnet unter einem Gebüsch einen Eisendeckel, der aussah wie ein Einstieg in eine Kanalisation. Andreas quetschte sich durch die schmale Öffnung und hatte Glück, nicht stecken zu bleiben. Fati folgte ihm dicht auf und schloss den Deckel über sich direkt wieder.

Kurz darauf hörten sie das Heulen der Sirenen. „Ein Geheimgang, den ich errichten ließ, nachdem ich diese Hütte gekauft hatte." Andreas verstand die Welt nicht mehr. „Du verkleidest dich nicht zufälligerweise Nachts als Fledermaus und hast einen Butler, der dein heißes Gefährt in Schuss hält, oder?" Fati verzog keine Miene.

„Leider nicht, aber mir werden die Buden langsam zu teuer. Verliere nicht gerne teure Luxuswohnungen, die ich extra ausstatte und dann wird sie einem direkt wieder genommen." Andreas dämmerte etwas.

„Nicht dein erster Verlust, oder?" Fati ging einen schmalen Gang an der linken Seite entlang und steuerte auf das Ende zu, an der sich an jeder Seite eine Stahltür befand.

Andreas fühlte sich wie in einem Labyrinth. Fati öffnete die linke Tür und dahinter kamen weitere Gänge mit weiteren Stahltüren zum Vorschein. Er öffnete eine weitere, beide gingen hinein und hinter sich und Fati schloss die Stahltür hinter sich wieder zu.

Andreas sah einige Metallregale mit allerhand Zeugs drin, manches waren davon Waffen und auch einiges an Munition. Fati reichte Andreas ein Kampfmesser und eine leichte Pistole samt Magazin. „Wirst Du vielleicht noch brauchen."

Andreas nahm es widerwillig entgegen und steckte die Waffen ein. „Haben aber dennoch keinen Anhaltspunkt oder eine Übersetzung für das Schreiben. Was machen wir nun, oder hast Du eine Ahnung?"

Fati zuckte mit den Schultern, öffnete eine schwarze Metallbox und nahm daraus Alu-verpackte Nahrungsriegel und Verbandszeug, sowie einen erste Hilfe Kasten heraus, steckte die nötigen Sachen in einen dunkelblauen Militär-Rucksack, zog die Gurte stramm und kletterte eine rostige Eisenleiter herauf, öffnete in der Decke eine Luke und befahl Andreas, ihm zu folgen und einfach nur zu tun, was er sagte und in kommender Zeit ruhig zu sein.

Ein Stockwerk höher war ein muffiger Raum, in der die Luft schlecht atembar war und es ziemlich warm war. Die Decke hing recht niedrig und beide mussten über den staubigen Boden kriechen. Dann kamen sie in eine Ecke, wo eine Feldtruhe stand, wie sie von der Bundeswehr genutzt werden und Fati kramte in der Truhe herum, zog einige Sachen heraus, die wie Kleidung aussah.

„Tarnklamotten, weiß aber nicht, ob ich für deine Größe etwas passendes dabei habe." Andreas nahm einen schwarzen Rollkragen-Pullover und eine schwarze Tarnhose entgegen, sowie ein Paar Lederhandschuhe, die er sich direkt anzog oder es versuchte und ihm mit Schwierigkeiten auch gelang. Die Kleidung war nicht bequem, aber passte einigermaßen.

Fati war im Umziehen etwas geschickter und geübter. Danach verließen sie den Raum durch eine flache Luke in einer Wand, die hinter Müll und Unrat versteckt war. Dahinter befand sich die öffentliche Kanalisation und es stank erbärmlich. Andreas musste sich übergeben und er erbrach den Rum in die Kloake. Fati achtete nicht darauf, sondern kletterte eine Eisenleiter hoch. „Trödel nicht herum. Komm endlich!"

Fati war schlecht gelaunt und ließ es etwas an Andreas aus. Andreas war genervt, aber er gehorchte, denn er wusste, dass er es mit einem gefährlichen Killer zu tun hatte, der auch keine Probleme hatte, Andreas zu erledigen, sollte er lästig und unnütz werden.

Fati tat solche Dinge nicht zum ersten Mal, das stellte Andreas schnell fest, folgte dem Killer aber wortlos die Leiter hinauf. Sie standen in einer Seitenstraße, wo es keine Aufmerksamkeit gab, die von den beiden erregt wurde. Nicht, weil sie unauffällig waren, sondern eher, weil sie Glück hatten. Das Glück nutzten sie und konnten sich schnell absetzen.

Fati ging zu einem Mercedes, der auf einem kleinen Privat-Parkplatz stand und zog einen Schlüssel hervor, der die Elektronik des Wagens aktivierte.

Die Türen öffneten sich und beide stiegen ein. Fati fuhr vorsichtig aus der schmalen Einfahrt hinaus und gelangte auf die etwas belebtere Hauptstraße und gab Gas. „Wo wohnst Du? Also, wo finden wir deine Statue?" Andreas gab vorsichtig Anweisungen, merkte aber, dass er zitterte und stotterte.

Ihm wurde erst so langsam klar, was eigentlich los war und wo er sich hinein gewagt hatte und er sich nicht so einfach aus dem Staub machen konnte. Er bereute es wieder, dass er an dem Tag das Haus verlassen hatte. „Dann hätte ich aber den Comic nicht einschicken können." Andreas grinste und versuchte sich, damit etwas zu beruhigen. „Was faselst Du da? Muss ich nicht verstehen, oder?" Andreas schaute zu Fati herüber. „Ich habe heute mein neustes Comic-Album an meinen Redakteur gesendet und warte nun auf die Veröffentlichung. Nicht alles läuft heute daneben. Du musst da gleich rechts abbiegen und dann direkt wieder links." Fati nickte und folgte der Straße. Andreas gab weiter vorsichtig Anweisungen, war sich nicht sicher, ob er dem Killer zeigen sollte, wo er wohnte. Hatte aber auch keine andere Wahl. Keine wirkliche.

4.

Der Wagen hielt auf dem Parkplatz vor den Plattenbau-Reihenhäusern. „So toll wie Du lebe ich leider nicht, sorry." Fati schien das relativ gleichgültig zu lassen. „Wir holen die Statue und hauen direkt wieder ab, mir egal, wie Du lebst."

Andreas verstand und stieg aus. Fati folgte direkt, holte tief Luft und blieb stehen. „Ich sollte dir wohl auch etwas vertrauen, denke ich. Immerhin stecken wir drei ziemlich tief drinnen." Andreas drehte sich verwundert zu Fati um.

„Was meinst Du?" Fati sah ihm tief in die Augen. „Gehe los, hol das Teil und komme wieder. Ich warte hier so lange. Ich meine, etwas Vertrauen sollte schon dabei sein. Ich glaube, dass Du verstehst, was ich meine und keinen Mist baust. Die Bullen werden dir nicht glauben und unsere Jäger werden sich vom Staat nicht einschüchtern lassen. Die legen dich um, wenn die es wollen und Du meinen Schutz nicht mehr hast. Das meine ich. Geh eben alleine, ich warte auf dich."

Andreas verstand, drehte sich um und ging zu seinem Wohnblock, schloss die Tür auf und eilte die Treppen hoch, seit der Situation mal einen Augenblick alleine und er fing an, die Erlebnisse etwas zu verdauen. Dann stellte er fest, dass soweit alles ruhig war und niemand seine Bude auf den Kopf gestellt und angezündet hatte.

Alles war beim Alten, so wie er die Bude verlassen hatte. Er griff sich die Statue von seinem Arbeitstisch und nahm sich noch ein paar Happen aus dem Vorratsschrank mit, da er merkte, wie hungrig er eigentlich war.

Dann verließ er wieder die Bude, kam direkt auf Fati zu und steckte sich einen Schoko-Riegel in den Mund. Andreas setzte sich auf den Beifahrersitz und zeigte Fati die Statue, nachdem auch dieser eingestiegen war. „Suchen die etwas das hier?" Fati schaute sich die Statue an. „Ich weiß es nicht. Scheint aber so." Dann startete der Motor und beide fuhren los. „Wo meinst Du, finden wir jetzt diese Dany? Wo halten sie sie versteckt und was fordern die eigentlich?" Fati schaute monoton auf die Fahrbahn. „Die fordern nichts von uns.

Nur die Artefakte, von denen wir wohl keine sonderliche Ahnung haben. Danach, nachdem sie haben, was sie wollen, legen die uns um. Glaub nicht, dass die das Mädel oder uns freiwillig gehen lassen. Dany wird entweder heute noch gerettet oder sie ist tot. Geld spielt für die keine sonderliche Rolle. Wollen die gar nicht. Nach ihrem Glauben ist Geld nur ein Mittel, geistig unwürdige zu versklaven." Andreas hatte noch nie darüber nachgedacht, welche Rolle Geld in der Menschheit wirklich spielte, daß es mehr sein konnte als ein bloßes Tausch-Objekt. „So ganz abwegig scheint der Glaube nicht zu sein." Fati lachte boshaft auf.

„Das macht sie zu Fanatikern, denn sie haben das absolute Recht auf ihrer Seite, aber sie haben auch Glaubenssätze, die weit Menschenverachtender sind als wir wissen wollten. Teilweise betreibt deren Kult auch öfters mal Kannibalismus."

Andreas wurde stutzig. „Woher weißt Du das eigentlich?" Fati wurde langsamer, bog links ab und fuhr in eine kaum befahrene Seitenstraße.

Die Sonne hing mittlerweile tief und kündigte den beginnenden Abend an. Der Tag würde nicht mehr lange währen. „Ich war mal dabei." Andreas verschluckte sich. „Dann sind die Artefakte nur Nebensache? Wolltest ein williges Opfer ködern, daß dir den Scheiß mit dem magischen Zeug abkaufte und brauchst nun ein williges Opfer und einen Sündenbock?"

Andreas bekam Angst. Fati grinste. „Nicht ganz so wild. Nein, ich habe mich dagegen gestellt und werde deswegen von meinen früheren Brüdern gejagt. Was dich und Dany angeht, aber auch teilweise mich, ist das Schicksal wegen dem Erhalt der magischen Artefakte. Es gibt an manchen Stellen dieser Welt gewisse Portale, mit denen man andere Welten betreten kann. Ich selber habe aber solche nicht gesehen, bin auch seit fünf Jahren aus der Sekte raus. Die Errungenschaften der letzten Zeiten weiß ich nicht. Nur, dass sie fieberhaft nach etwas suchten und eine Verbindung zu jemandem aufbauen wollten, den sie als ihren Meister ansahen und verehren wollten. Der Meister gibt nur selten Anweisungen auf braunem Pergament, wie Du mir das gezeigt hast. Keine Ahnung, was Du mit der Sekte oder dem Meister zu tun hast, aber Du hängst da irgendwie ganz tief mit drin." Andreas riss die Tür auf und übergab sich. „Ich will aber nicht." Fati schaute ihn ernst an, musterte ihn eine Weile. „Dir mangelt es an Selbstbewusstsein, mutig und stark bist Du in der Tat nicht. Du hättest dich nicht einmischen dürfen."

Andreas bereute es in der Tat, aber er steckte bereits weit tiefer in dem Schlamassel, als ihm wirklich klar war. Aussteigen und so tun, als wäre nie etwas gewesen, konnte er nicht mehr. „Ich kenne die Ideologien und den Fanatismus dieser okkulten Mörder-Sekte und sie kennen keine Gnade. Du solltest lernen, auf dich selber aufpassen zu können, sonst bist Du schneller tot als dir lieb sein dürfte. Sie kennen keine Gnade und sind für ihre Grausamkeit bekannt, um ihre Ziele zu erreichen. Sie jagen die Artefakte nicht grundlos, dass lässt mich wissen, dass diese Teile wichtiger sind, als wir eigentlich wissen wollten. Sollten der Sache auf den Grund gehen. Wäre zumindest mein Vorschlag." Andreas beruhigte sich etwas, nachdem er nur noch würgen konnte. Er zitterte und kalter Angstschweiß lief ihm am ganzen Körper entlang.

Er schloss seine Beifahrertür und versuchte, sich weiter zu beruhigen.

„Wir sollten zusammenhalten und dafür sorgen, dass wir aus der Sache auch wieder heraus kommen. Wird nicht einfach." Fati gab weiter Gas und beschleunigte das Fahrzeug, schaute in den Rückspiegel. „Werden wir etwas verfolgt?" wollte Andreas wissen. Fati runzelte die Stirn. „Nein. Dachte ich erst, aber sie sind nicht hinter uns her, aber wir sollten dennoch vorsichtig sein. Ich überlege gerade, wo wir hin sollen. Ich weiß leider kein Versteck, wo wir in Ruhe planen können." Fati wich ein Fahrzeug knapp aus, dass vor ihm eine scharfe Bremsung hinlegte.

„Pass doch auf, Du Penner!"

Fati drückte wütend die Hupe und entkam nur knapp einem Zusammenstoss. Eine ältere Frau saß hinter dem Steuer, schaute kreidebleich und geschockt zu den beiden rüber. Auch Andreas war kreidebleich. „Zumindest kein Verfolger, der uns in eine Falle locken wollte."

Fati lächelte. „Wir sollten zwar vorsichtig sein, aber dennoch kein Grund, Paranoid zu werden."

Andreas atmete tief und hörbar durch. „Nee, so stumpf und abgebrüht bin ich leider nicht. Wir haben vorhin drei Handlanger beseitigt und fahren durch die Stadt, als wäre nichts geschehen. Sorry, schlägt mir auf den Magen. Kann so etwas nicht so leicht weg stecken. Geht mir an die Substanz. Und ein weiteres Mal will ich kein Zeuge sein, da ziehe ich lieber die Decke über den Kopf und träume mir eine schöne, heile Welt zusammen."

Fati fuhr weiter und erinnerte Andreas an den Spruch, wie eine besengte Sau zu fahren. Für Fati schien es eine Mischung aus Spiel und Routine zu sein, durch die Stadt zu heizen und nebenbei Leute umzulegen, um anschließend so zu tun, als wäre nie etwas geschehen.

„Hast Du eigentlich schon viele Menschen auf dem Gewissen?" Andreas Neugier war größer, als ihm scheinbar gut tat. Fati verzog seine Miene.

„Ich habe nicht mitgezählt, aber eigentlich hast Du Recht. Mehr als genug." Mit zittrigen Händen hielt Andreas die Statue.

„Das wollen die haben. Warum? Was ist eigentlich so besonderes an den Dingen?"

Fati bog in eine Seitenstraße ein, schaute ständig in den Rückspiegel, dann bog er wieder einmal ab und hielt das Fahrzeug an. „Wir müssen den Wagen wechseln. Wie ich auch schon sagte, wollen die

Herren des Mörderclans irgendwelche Portale zu anderen Welten öffnen. Das Glaubensdogma gibt vor, dass es Aufgabe der Sekte sei, gewisse Kreaturen der Niederwelten in unsere Welt hinüber zu führen. Können sie aber nur mit bestimmten Kräften, an bestimmten Orten und mit einer bestimmten Anzahl an Seelen, die sie opfern können, um die gestörten Dämonen zu locken." Beide stiegen aus und Andreas schnappte kühle, frische Abendluft. Es war bereits fast dunkel und die letzten Sonnenstrahlen zeigten sich blutrot am Horizont.

Fati ging zu einem kleinen und unscheinbar wirkenden Fahrzeug hinüber, zog etwas aus seiner Manteltasche und fummelte am Türschloß herum.

Der Alarm wurde schnell und geschickt überbrückt. „Andreas..." Der Künstler drehte sich herum, hatte seinen Namen deutlich gehört, aber es war nicht die Stimme von Fati. Fati allerdings schien nichts gehört zu haben.

Als er den Wagen kurzgeschlossen und geknackt hatte, forderte er Andreas auf, ein zu steigen. „Wir haben es eilig, steig ein, wir müssen hier schnell weg."

Andreas gehorchte, stieg ein und Fati drückte das Gaspedal durch, gab Gas und fuhr schneller, als in der Siedlung, in der die beiden sich befanden, erlaubt war. Dann ließ er den Wagen um die Ecke ausrollen und beschleunigte abermals. „Wir müssen gleich noch einmal den Wagen wechseln, aber ich weiß jetzt, wo wir hin können, ich hab da eine Idee."

Sie fuhren über eine Brücke und Fati schaltete die Scheinwerfer aus, ließ den Wagen ausrollen. „Hast Du das vorhin etwa nicht gehört?" Fati hielt den Wagen an. „Wir müssen aussteigen." Fati stieg aus und Andreas zögerte, schaute Fati entgeistert zu.

„Andreas... bitte..."

Kalter Angstschweiß lief ihm von der Stirn. Andreas zitterte. Die Stimme klang recht jung. Ein Kind. Niemand außer den beiden war anwesend.

Andreas öffnete die Beifahrertür und stieg aus. Er konnte kaum stehen und seine Beine zitterten. „Worauf wartest Du?" Fati schien nur wenig Geduld zu besitzen.

„Wir können es uns nicht leisten, herum zu trödeln, wir müssen uns etwas beeilen." Andreas schlotterte, die Dunkelheit brachte auch Frische und Kälte mit sich, zudem die Halluzinationen der Stimme, die seinen Namen rief und die Erlebnisse des Tages waren etwas zu viel für den verschüchterten Comic-Zeichner. Seine Nerven lagen blank. „Worauf wartest Du?" Fati's Geduld lag ebenfalls blank.

Er rannte ein kurzes Stück zurück zur Brücke und nutzte die schmale Steintreppe, die zu dem Fluss führte. Andreas folgte widerwillig und hatte Mühe, sein Gleichgewicht zu wahren. Er stolperte und mit einem lauten Schnaufen landete er unsanft auf dem harten Asphalt, noch ehe er die Treppe erreichen konnte.

Fati wurde zornig und kehrte zu dem schwerfälligen Zeichner zurück, half ihm auf die Beine und führte ihn am Arm genommen die Treppe herunter.

„Du solltest weit mehr Sport treiben und vielleicht auch mal einen Kurs für Selbstverteidigung besuchen, das gibt dir auch Sicherheit und Selbstbewusstsein. Würden unsere Gegner hier auftauchen, Du wärst erledigt. Du bist echt ein Schwächling und könntest noch zu einem Problem für mich werden. Ich kann nicht alleine gegen die Sekte bestehen und dabei noch gleichzeitig auf dich aufpassen."

Fati verlor etwas von seiner Beherrschung. Andreas war eingeschüchtert und verängstigt. „Ich habe nie behauptet, stark und tapfer zu sein.

Ich bin ein schwaches Würstchen und wie ich schon sagte, ich zeichne Comics. Habe da weniger mit zu tun, Fanatiker, die meinen Trödel für das Öffnen von Portalen benötigen, um zu legen." Fati winkte ab. „Sei jetzt still und folge mir einfach."

Sie erreichten das Ende der schmalen Treppe und standen am Ufer. Fati suchte eine Stelle ab und zog eine etwas schwere Verpackung aus einem Gebüsch, öffnete sie und Andreas erkannte ein zusammengefaltetes Schlauchboot.

„Wir müssen das aufpumpen und ein Stück über den Rhein paddeln. Verstanden?"

Die Luftpumpe, mit der man das Schlauchboot aufpumpen konnte, fand Fati als nächstes in der Nähe. „Alles gut vorbereitet?" Andreas stockte der Atem, als er sah, wie gut vorbereitet Fati war und was für Verstecke er so angelegt hatte. „Ich zeichne keine Comics, aber dafür habe ich ein paar nützliche Tricks auf Lager. Wir müssen zu einem Freund von mir, der wird uns weiter helfen. Wir müssen nur dafür sorgen, dass wir unauffällig und ungesehen zu ihm kommen, ohne in irgendwelche Polizeikontrollen zu geraten oder unsere Gegner aufscheuchen.

Da wir von ihnen nicht belästigt werden, wissen die nicht, wo wir stecken. Unser Vorteil dabei." Andreas packte mit an, das Schlauchboot schnell See tauglich zu machen.

„Wenn die sich nur verstecken, damit wir glauben, in Sicherheit zu sein? Vielleicht bluffen sie auch nur, damit wir glauben.." Fati brachte ihn mit einer Handbewegung zum Schweigen.

„Nicht ihre Art." Dann ließen sie das aufgepumpte Boot ins Wasser und Fati sprang ins Schlauchboot. „Sei vorsichtig und sieh zu, dass Du nicht ungeschickt in das Wasser fällst. Es ist ziemlich kalt, verstehst Du?"

Andreas nickte und gab sich Mühe, seine Schwerfälligkeit zu überwinden und mit wackligen Knien ins Boot zu hüpfen. Mit viel Glück und etwas Hilfe des Killers kam er ins Boot, das gefährlich schaukelte und Andreas ein weiteres Mal Übelkeit bescherte.

Als er merkte, dass er nicht im kalten Wasser landete, sondern im Boot saß, war er dankbar, musste sich aber dennoch übergeben.

„Sieh zu, dass Du deinen Magen irgendwie beruhigt bekommst und dich weniger übergibst. Dein Erbrechen macht zu viel Lärm. Wir müssen ganz still sein."

Fati paddelte das Boot, wie Andreas es nur aus Action-Filmen kannte, wenn irgendwelche Special-Einheiten ein Terroristen-Camp ausheben wollten.

Andreas gab sich Mühe, seine Übelkeit und sein Zittern unter Kontrolle zu bringen. Er atmete tief und gleichmäßig durch, beruhigte seinen Puls und nach mehreren Minuten gelang es ihm dann auch, ruhiger zu werden und den Mund zu halten. Fati paddelte seelenruhig und schaute sich dabei nervös um, suchte die Uferböschung ab, hatte aber Schwierigkeiten, in der kalten Dunkelheit etwas aus zu machen, das verdächtig scheinen konnte, selbst wenn er es gewohnt war, still mit der Dunkelheit zu verschmelzen und die Züge seiner Gegner im Dunkeln ausmachen zu können. Beide stellten fest, dass sie nicht verfolgt wurden oder dass ihnen irgend jemand auflauerte.

„Andreas.. hilf mir.." Andreas stockte und erschrak.

„Was war das? Hast Du es auch gehört?"

Das Boot wackelte gefährlich und Fati war sichtlich erregt und zornig.

„Was war was? Sei still!"

Schwitzend und zitternd schaute sich Andreas um, konnte aber nichts ausmachen. Seine Augen waren Dunkelheit nicht sonderlich gewohnt und er war auch kein durch trainierter Killer oder Soldat oder sonst was, sondern eher Nacht blind.

„Du hast das gerade nicht gehört? Jemand rief meinen Namen." Andreas flüsterte so leise wie möglich, während Fati sich Mühe gab, das Paddel so leise wie möglich ins kalte Wasser ein zu tauchen, um keine Geräusche von sich zu geben.

Die Beleuchtung der Straße am anderen Ufer gab den beiden die Möglichkeit, besser mit der Dunkelheit zu verschmelzen. Die Seefahrt dauerte etwa eine ganze Stunde ohne nennenswerte Vorkommnisse. Den Rest der Seefahrt schwiegen beide und Andreas hörte kein weiteres Mal, wie ihn seine überreizte Fantasie rief.

Er schüttelte seine Müdigkeit und seine Zweifel ab und konzentrierte sich darauf, leise und unauffällig aus dem Boot zu klettern, als sie an einer bestimmten Stelle an Land gingen, die Fati wortlos dirigiert hatte. „Stelle jetzt keine Fragen und folge mir unauffällig."

Fati flüsterte geschickt so leise, dass es Andreas vernehmen konnte, aber kaum Geräusche oder Laute von sich gab. Als beide an Land waren, schaute sich Fati um und schien etwas zu suchen, ging ein paar Meter auf die Weide und suchte etwas, blickte dabei immer wieder auf den Boden und dann richtete er sich wieder auf, suchte die Umgebung ab, um Überraschungen zu vermeiden. Es dauerte eine Weile, bis Fati fündig wurde.

„Andreas! Bitte!"

Dieses Mal war das Flehen lauter als die vorherigen Rufe. Andreas schreckte auf und stieß einen Schrei aus und mit weit aufgerissenen Augen hielt er erschrocken seine Hand vor dem Mund.

Fati schaute ihn zornig erregt und nervös an. „Was ist los, verdammt noch mal? Gehen deine Nerven mit dir durch oder was?" Andreas sackte in die Knie, denn seine zittrigen Beine und weichen Knie konnten sein Gewicht nicht halten.

Ächzend fiel er hin und blieb wimmernd liegen. Andreas fing an zu weinen, verlor die Nerven und zitterte am ganzen Körper. Fati verdrehte die Augen und schnaubte verächtlich. „Mit dir werden wir es nicht schaffen, Du bist echt ein Verlierer, der besser unter der Bettdecke stecken bleibt und sich besser nicht mehr in der Welt blicken lässt. So einen feigen Schwächling habe ich schon lange nicht mehr gesehen. Das letzte Mal, als ich in meiner Grundausbildung üben durfte. Wir nannten solche Opfer damals auch Sandsäcke."

Fati ging weiter und lies den verängstigten Zeichner am Boden liegen. „Und bitte, pinkel dir nicht in die Hose dabei und schrei nach Mami. Die wird dich nicht retten kommen, glaub mir. Besser, ich versohle dir den Hintern und versuche, wenigstens noch ansatzweise so etwas wie ein Kerl aus dir zu machen." Andreas blieb eine Weile im Dreck liegen und wimmerte vor sich hin. Dann versuchte er sich vorsichtig wieder auf zu richten und wischte sich mit seiner Dreck verschmierten Hand die Tränen aus dem Gesicht zu wischen, übergab sich ein weiteres Mal. „Wenn man so etwas mit erlebt, wird es kein lustiges Abenteuer, aber mit der Zeit, wenn man so etwas öfter mit erlebt, stumpft man auch ab und wird automatisch ruhiger und gelassener."

Andreas rang nach Fati's Worten mit der Fassung. Das Zittern konnte er nicht überwinden und seine Knie gaben nach einem weiteren Versuch auf. Er kam nicht hoch. „Wir haben hier keine Zeit zu rasten." Fati versuchte ihm auf zu helfen, aber der erste Versuch scheiterte.

Sie versuchten es, ein weiteres Mal und diesmal hatten sie mehr Erfolg. Mit der Hilfe von Fati konnte Andreas auf zittrigen und wackligen Knien stehen. „Was wäre, wenn wir uns bei denen entschuldigen und ihnen die dumme Statue einfach übergeben? Vielleicht hören dann auch meine Alpträume auf und ich werde von Fanatikern und dem Frosch-Vieh einfach in Ruhe gelassen, zeichne weiter lustige Kindercomics und stelle fest, dass die Welt der harten Krieger nicht meine Welt ist?" Fati lächelte.

„Keine schlechte Idee, aber die werden erst Ruhe geben, wenn Du tot bist, da Du bereits zu viel mitbekommen hast. Sie wollen keine Zeugen." Andreas stockte der Atem. „Die wissen doch gar nicht, dass ich dabei bin. Die einzigen, die mich gesehen haben, sind in deinem Bungalow verbrannt, oder?" Fati schaute ihn in die Augen und blieb dabei stehen.

„Stimmt. Sie wissen es noch nicht. Früher oder später werden sie allerdings die Objekte finden, die sie suchen und ihren Besitzer ausschalten. Ich gebe dir noch ein paar Tage, dann ist auch alles vorbei. Für dich ist es dann gelaufen."

Die Aussichten beunruhigten Andreas ein weiteres Mal. Er hatte die Wahl, entweder zu kämpfen und zu verlieren oder aber auf zu geben und trotzdem zu verlieren. Oder aber er vertraute Fati und zusammen gab es eine schwache Hoffnung.

„Was müssen wir tun, um zu überleben?" Mit ernstem Gesicht und fast mit monotoner Stimme antwortete Fati auf seine Frage. „Zunächst setzen wir alles daran, ungesehen zu bleiben und unseren Häschern zu entkommen. Derzeit ist das Glück noch auf unserer Seite. Da wir Dany da raus holen sollten, da sie mich kennt, wird es zu einem blutigen Kampf kommen. Die Brüder werden sich rächen wollen, das bedeutet entweder wir geben das Mädel auf und fliehen so weit wie wir können, ständig mit der Angst zu leben, dass einer der Fanatiker und doch endlich findet oder aber wir beenden den Kult."

Andreas pfiff durch die Zähne und sog gierig die frische und kalte Luft ein, beruhigte etwas seinen Bluthochdruck und sein Zittern und schaffte es nach mehreren Versuchen, langsam und gleichmäßig zu atmen.

„Wie kann ich dabei helfen? Ich werde eher zu Ballast als zur Hilfe, wenn es zu Kämpfen kommen sollte." Fati lächelte.

„In gewisser Weise schon möglich, aber Du kannst auch den Köder spielen, der sie für gewisse Momente ablenken kann.

Verlieren sie die Initiative und die Konzentration, haben sie einen Nachteil,d er von professionellen Killern gerne ausgenutzt wird. Denk daran, sie sind zahlreicher als wir beide und wir können keine wirklichen Verbündeten mit einbeziehen. Wir haben keine Hilfe und unsere Aussichten sind besch... eiden." Fati glaubte selber nicht an einen Erfolg, denn er wusste, wie gefährlich die Sekte tatsächlich war, machte sich selber und Andreas aber Mut, indem er die Möglichkeit abwägte, in irgend einer Weise gäbe es doch noch Hoffnung.

„Was passiert eigentlich, wenn sie die Artefakte in ihre Finger bekommen und dieses Portal öffnen. Wird Luzifer persönlich die Welt in Schutt und Asche legen? Werden wir, ohne es zu ahnen, zu so etwas wie Welten-Retter und tragischen Helden?" Fati verzog keine Miene.

„Ich weiß es nicht. War selber nicht dabei. Ich hörte nur davon, aber das Öffnen von Portalen ist in gewisser Weise schon möglich, dass durfte ich erfahren. Habe aber noch nie einen Dämonen leibhaftig gesehen. Es ging eher um Besessenheit. Ein Opfer, dass von einer Kreatur der dunklen Seite besessen wird, vollbringt unglaubliche Taten. Es sind astrale Körper-Stehler, die so Einfluss auf unsere Welt nehmen. Beispiele hierfür gibt es unzählige." Andreas erinnerte sich an die eine oder andere Geschichte aus Comic und Film, wo so etwas als Anspielung thematisiert wurde. „Hast Du dich jemals mit Okkultismus und Voodoo auseinandergesetzt?"

Andreas konnte nicht glauben, dass ein erfahrener Profi-Killer Ahnung von so etwas haben könnte. Er dachte immer, bei ihm ging es nur ums töten, die Liebe zu Waffen und dem Folgen der eigenen Ego-Launen. Fati schien dabei weit gebildeter zu sein, als er vorgab.

„Als Sekten-Mitglied hast Du nur den Anweisungen der Priester zu folgen. Gelangst Du aber zu Erfahrungen und Einsichten, wirst Du früher oder später deine eigenen Ziele verfolgen und dich nicht mehr als Schläfer-Zelle instrumentalisieren lassen. Deswegen versuchen die Führer ihre Marionetten möglichst im Unwissen zu lassen, damit sie besser Befehle befolgen, ohne sie in Frage zu stellen. Wie sollten sie auch Fragen stellen, wenn sie die richtigen Fragen gar nicht kennen? Wer die Fragen nicht kennt, wird wohl kaum nach Antworten gieren." Andreas nickte. Da war etwas dran. Sein Wissen über solche Dinge beschränkten sich eher darauf, die dem Mainstream übermittelt wurden. Horrorfilme und Comics. Meistens Aberglaube und verwässertes Halbwissen mit dem gezielten Hang zur Des-Information. Stigmatisierungen fremder Kulturen.

„Kann man eigentlich auch Zombies erschaffen, wie es gerne behauptet wird?" Andreas wurde neugieriger. Fati blickte sich in der Gegend um, da er nach etwas suchte, das in der Nähe versteckt war. „Die Glaubensanhänger werden von Kreaturen jenseits unserer Wahrnehmung besetzt, die aber selber nicht in der Lage sind, physische Form an zu nehmen. Diese Gefäße für niedere Dämonen werden zu willigen Marionetten. Bezeichne ich in dem Sinne als Zombie. Gegen stark verweste Untote mit einer maßlosen Gier nach frischem Fleisch allerdings blieb ich verschont, habe auch nie davon gehört. Bleibt der Welt der Kultur überlassen. Zeichne doch schlechte Comics davon." Fati wurde anscheinend fündig und bückte sich, um etwas auf zu heben. Er hob ein Handy auf und steckte etwas hinein, dass er ein paar Meter vorher gefunden hatte. Die SIM-Karte und den Akku. Dann drückte Fati eine Kurzwahltaste und wartete ab.

„Was sollen wir..." Fati winkte ab und gab Andreas zu verstehen, dass er derzeit schweigen sollte. Das Handy vibrierte und Fati ging ans gefundene Telefon, schwieg dabei und hörte nur zu, sagte aber nichts. Nach etwa drei Minuten des Zuhörens nahm Fati Schwung und schleuderte das Handy soweit Richtung Fluss, wie er konnte.

Mit einem Platschen landete das Mobiltelefon etwa in der Mitte des Flusses. Fati ging weiter und schaute in eine Richtung, wo sich mehrere Hundert Meter eine Landstraße aufhielt. „Dany ist bereits in Sicherheit. Es gibt einen Gangkrieg und wir haben Unterstützung, allerdings gab es auf beiden Seiten schwere Verluste und die Sekte ist mächtiger als je zuvor. Sie rekrutieren willige Anhänger und haben starken Zulauf bekommen. Irgend etwas stimmt nicht. Wir müssen uns beeilen, wir haben ein Treffen, aber kaum Zeit. Wir werden zum Glück nicht verfolgt. Unsere Gegner haben gerade andere und wichtigere Aufgaben, das verschafft uns einen leichten Vorteil, aber der heftige Kampf wird noch kommen." Andreas atmete erleichtert durch.

„Ah so. Dann bin ich ja beruhigt. Braucht ihr mich noch? Oder darf ich nach Hause oder bin ich der Held, auf den es letztendlich ankommen wird?" Andreas spürte eine Kälte, die der Nachtluft noch bei Weitem überstieg. Er fing an, zu frösteln. „Ist dir auch so kalt wie mir?"

Fati ging weiter, ohne ihn zu beachten, ignorierte seine Fragen völlig. „Brauchst Du mich noch?"

Andreas ging langsamer, fror und merkte, dass es weit kälter geworden war. „Andreas.. bitte..“
Erschrocken drehte sich der schwerfällige Comic-Zeichner um und suchte nach der Ursache der
Stimme, die ihn rief. Er konnte nichts ungewöhnliches finden. „Ich glaube, durch den Stress des
letzten Tages werde ich langsam Schizophren. Höre Stimmen, spüre eine Kälte, wie man sie nur aus
Horror.Geschichten kennt und die Aussicht, in einen Gang oder Sekten-Krieg verwickelt zu werden,
ist nicht so meine Vorstellung von Spaß haben. Ich will doch wieder nach Hause und mich einfach
nur heraus halten.“ Fati reagierte nicht, begab sich einfach nur in Richtung der Landstraße. Andreas
hatte keine Lust mehr, weiter zu machen, folgte aber dennoch.
Mit etwas Glück konnte er sich vielleicht doch aus dem Staub machen, aber er befürchtete, dann
auch von Fati selbst gejagt zu werden, der ihm noch am nächsten war und auch fähig wäre, den
Zeichner einfach und schnell zu entledigen. Andreas lebte wahrscheinlich nur noch deswegen, weil
er noch nützlich war. Sollte er seine Rolle gespielt haben und nichts mehr wert sein, würde sich Fati
ihn entledigen, ohne mit der Wimper zu zucken.
Das wusste Andreas nur zu gut, denn er kannte ähnliche Stories aus genug Filmen und ein paar
seiner Lieblings-Comics. Trau keinem Killer oder Gangmitglied. Für die sind Außen stehende nur
Werkzeuge, die benutzt und anschließend weg geworfen wurden. Keine Moral und vor allem keine
Gefühle. Skrupel kannte Fati demnach auch nicht. Über welche kaltblütige Effizient der Killer
verfügte, hatte er bewiesen und Andreas war sich sicher, dass es nicht bei dem einzigen Male
bleiben würde. Wie Fati schon sagte, er hatte Unterstützung und der Morgen würde blutig werden,
aber zumindest war das Mädel in Sicherheit. Andreas ging etwas langsamer, als er merkte, dass er
nicht mehr so Fati's Aufmerksamkeit genoss.
„Wer bist Du?“ Andreas flüsterte, als es ihm gelang, einen Moment etwas Distanz zu dem Killer zu
gewinnen. Er bekam keine Antwort und er dachte, dass es damit wohl doch nur ein Hirngespinst
gewesen ist.
Dann drehte sich Fati wieder zu ihm um. „Trödel nicht herum. Beeile er sich etwas.“ Andreas
fluchte, dass er wieder die Aufmerksamkeit des Killers hatte. Einfach verschwinden konnte der
Künstler nicht, dafür war Fati zu aufmerksam und professionell.
Er würde an Andreas seiner Reaktion erkennen können, wenn er etwas vorhaben sollte, was nicht in
den Kram passte. Andreas hielt Fati nicht für dumm und gab sich große Mühe, nicht in Dummheiten
zu verfallen aus Angst und Nervosität.
So folgte der Künstler widerwillig dem Killer zur Landstraße. Als sie die Straße erreichten, hielt ein
Van bei ihnen an, ansonsten regte sich niemand. Der Ort war ansonsten wie ausgestorben und
Menschen verlassen. Im Inneren des Vans befanden sich drei Personen und in der Fahrerkabine eine
weitere Person, der Fahrer selbst. Der Van war ausgestattet mit moderner Technik, wie eine mobile
Kontrollstation. So etwas hatte Andreas vor ein paar Tagen in einem Agenten-Thriller gesehen.
Andreas stieg schwerfällig ein und hatte Mühe.
Einer der Leute half ihm beim einsteigen. „Seid ihr so etwas wie ein Geheimdienst?“ Andreas
konnte seine Neugier nicht unter Kontrolle halten. Sie schauten ihn nur an und keiner antwortete.
Fati schaute ernst herüber. „Nein, sind wir nicht. Jetzt sei still.“
Dann schien sich Fati nicht mehr für ihn zu interessieren und die Insassen unterhielten sich in einer
Sprache, die Andreas nicht verstand. Nervös schaute er sich die Gesichter der Insassen an und
keiner schien sich für den übergewichtigen Comic-Künstler zu interessieren. Dann zückte Andreas
nervös seinen Brief und die Statue.
„Wollt ihr das hier? Gebe ich euch freiwillig, wenn ihr mich dafür gehen lasst.“ Keiner reagierte auf
ihn. Keiner interessierte sich für ihn.

5.

„Was wollen die? Was geht hier vor?“ Andreas wurde von dem eisigen Schweigen und des Hin
haltens sichtlich nervös. „Redet hier einer mit mir?“
Einer der Insassen warf ihm einen zornigen Blick zu und sagte etwas in einer Sprache, die Andreas

nicht verstand, aber es klang wie etwas Herab wertendes oder eine Beleidigung. „Was wollt ihr von mir? Lasst mich doch einfach in Ruhe." Andreas wurde ängstlich und nervös. Dann widmete sich Fati endlich wieder dem Künstler zu.

„Sei einfach still und warte ab." Einer der Insassen redete viel in ein Funkgerät, ein anderer beobachtete irgendwelche Scanner-Werte und der dritte unterhielt sich aufgeregt mit Fati. Andreas saß nervös herum, hatte keine Ahnung,v erstand nichts von dem, was abging und geriet in eine Sache, an der er mehr als bloß fehl am Platze war.

Er kam auf die Idee, wenn er das Ganze überleben sollte, ein Album raus zu machen, aber vorher noch ein paar Tage auf die Reaktion seines Redakteurs zu warten, denn er hatte gerade eben erst ein neues Album ein gesendet und wartete auf die Veröffentlichung.

Dann dachte er an Künstler wie Schiller oder andere, die ein Leben in Armut und Entbehrung verbrachten und erst entdeckt wurden, als sie tot waren. Vielleicht war das auch Andreas Fluch und Schicksal. Erst sterben, dann Geld genug haben, um zu leben.

Nur dann würde er es nicht mehr benötige. Er wollte jetzt leben und zwar gut und dabei in Ruhe gelassen werden. Das Schicksal schien aber nicht auf seiner Seite zu stehen. Wenn er Glück hatte, durfte er noch weitere Jahre in seiner Sozialwohnung verharren, die sich in einem Plattenbau-Viertel von Duisburg befanden, oder er fand einen frühen Tod.

Mit seinen fast Vierzig Jahren war er nicht mehr jung und hatte sein Leben gehabt. Nerven tat ihn nur, dass er Großteile seines Lebens so verschwendete und eigentlich auch nie wirklich gelebt hatte. Viele Gedanken kreisten in seinem Schädel, je mehr er darüber nachdachte, dass er wohl den letzten Tag auf Erden verbringen würde, da er mit Situationen konfrontiert werden würde, die er nicht überstehen konnte.

Dinge, die seinen Horizont überragten und ihn zerdrücken würden wie eine Made. Der Wagen bremste plötzlich ab und einer der Insassen riss die Tür auf, sprang hinaus und lief einen Abhang hinunter, geriet ins Stolpern und überschlug sich, blieb am Hang liegen und rappelte sich mühsam wieder auf. Dann stürzten sich laut brüllend fünf Personen auf ihn, die aussahen wie die Leute am vergangenen Tag in dem Bungalow. Wie es weiter ging, bekam Andreas nicht mehr mit, denn der Van fuhr direkt weiter und Fati riss die Tür wieder zu.

„Was geht ab, verdammt nochmal? Rede mit mir." Andreas wirkte geschockt und wurde hysterisch. Fati schaute ihn gleichgültig und desinteressiert an. Kaltblütiger und gleichgültiger Blick eines Killers. Andreas bekam heftiger Angst. „Selbstmordkommando."

Fati sagte es, ohne seine Lippen zu bewegen und Andreas hatte das Gefühl, mit einem Roboter zu reden, dann erschütterte eine laute Detonation die Gegend und lies den Van schlingern, der Mühe hatte, die Fahrspur zu halten, aber es dennoch schaffte und gab ordentlich Gas, brauste die Landstraße entlang, um möglichst schnell auch weit weg zu kommen. „Es war sein Auftrag, nachdem er versagt hat. Damit konnte er etwas wieder gut machen." Fati schien doch gesprächiger zu werden. „Wie, was denn wieder gut zu machen?"

Andreas verstand die Welt weniger als vorher. Fati schnaubte und holte tief Luft. „Er war ein Überläufer, so wie ich. Er bediente aber weiter die Sekte, war so etwas wie ein Maulwurf oder Spion. Er war sich nicht sicher, auf wessen Seite er stand und bediente weiter die Bösen, wollte uns verraten. Er bereute es, als er aufgeflogen ist und wurde vor die Wahl gestellt.

Entweder wurde er von seinen dunklen Herren für seinen Verrat hingerichtet, ihre Praxis im Umgang mit Verrätern ist legendär.

Die Sekte ist sehr menschenverachtend und grausam. Oder er wählt einen würdigeren und schnelleren Tod, indem er uns sein letztes Versprechen gibt.

Die Sekte hat nun ein paar Anhänger weniger, sind aber dennoch Zahlen mäßig überlegen." Einer der beiden Insassen sagte etwas und Fati wendete sich ihm zu. Andreas wurde kreidebleich. Ein Doppelspion,d er aufflog und seine letzte Heldentat ausführen durfte.n"Ist auch ein bisschen wie Schach.

Er war nur ein Bauer, der geopfert werden durfte. Trauere ihm nicht nach, er war nur ein Werkzeug." Andreas wurde schlecht.

„Seid mir nicht böse, aber ich kann so über Menschen nicht denken, bin da mitfühlender."

Dann übergab er sich. Fati rollte mit den Augen. „Er war ein Mörder und Verräter, tötete Unschuldige, um den Dämonen seine Loyalität zu beweisen. Er hat seine Seele verkauft, um der Sekte dienen zu dürfen, wechselte dann die Seiten, war sich dabei aber nicht sicher und bediente hinter unserem Rücken dennoch die dunkle Seite, indem er weiterhin achtlos mit dem Leben Unschuldiger umging. Er hatte seine Chance, die er versaute."

Fati schien das nicht weiter zu bekümmern, aber der andere Insasse reichte ihm ein Wischtuch und zeigte auf das Erbrochene.

Andreas machte sich daran, die Sauerei wieder zu bereinigen, verzog vor Ekel aber seine Miene, bevor die auf die Idee kommen konnten, ihn als nächstes auf ein Himmelfahrtskommando zu schicken, weil er die schwerste Sünde in Kauf nahm, nämlich das voll göbeln ihrer mobilen Kontroll-Station.

„Andreas... bitte... Andreas!"

Er schreckte auf. „Wer hat mich gerufen? Wart ihr das?" Die Stimme war zu hell und jung für die Killer im Wagen, das merkte Andreas und sie schauten ihn verwundert an.

„Bitte? Hast Du Halluzinationen?"

Fati schaute einen der beiden an und sie runzelten die Stirn, sagten etwas, was klang wie eine Verneinung. Dann folgte eine plötzliche Detonation und brachte den Van ins Schlingern, wobei alle vier Insassen durch den Innenraum geschleudert wurden.

Der Fahrer des Vans verlor die Kontrolle über den Wagen und raste durch die Leitplanke, überschlug sich mehrmals und blieb auf dem Dach liegen. Andreas hatte eine schwere Kopfwunde und seine Rippen brannten wie die Hölle, wahrscheinlich gebrochen. Eienr der anderen beiden war tot, Genickbruch, der andere schrie vor Schmerzen. Der Fahrer war ebenfalls tot und Fati war ebenfalls schwer angeschlagen. Sein linker Arm baumelte schlaff herab und mit der unverletzten Hand hielt er eine schwer blutende Wunde in seiner linken Leistengegend fest.

Andreas hatte eine Gehirnerschütterung und übergab sich. Der Van wurde aufgehalten und fast alle Insassen wurden außer Gefecht gesetzt. Die Jagd endete jäh und für sie unglücklich. Fati riss mit seiner blutverschmierten Hand die Tür auf und zog eine schwere Pistole unter seiner Jacke hervor. Zwei Schüsse aus der Knarre erledigten zwei heranstürmende Rivalen. Dann packte er mit der kräftigen Hand nach Andreas und zog ihn aus dem Van und sprang mit ihm in Deckung. Ein paar wenige Sekunden später explodierte der Van in einer großen Feuersäule. Andreas hörte das Aufbrüllen von Motorrädern.

„Bleibt besser liegen, ihr seid ohnehin schon tot." Ein herannahender Angreifer hatte es geschrien und kam näher. Fati krümmte sich vor Schmerzen, als der Angreifer nahe heran kam. Fati drehte sich ungewöhnlich schnell um und konnte ihn mit einem sauberen Schuss erledigen. Der Angreifer sackte auf die Knie und kippte schlaff zur Seite weg.

Andreas war entsetzt, zog aber die leichte Pistole, die er von Fati bekommen hatte und schoss das Magazin in Richtung der herannahenden Motorradfahrern leer. In Panik und ungeübt konnte Andreas weder zielen noch den Rückstoß kompensieren, verriss mehrmals die Pistole. Er gab etwa zehn Schuss ab, wobei vier der Kugeln ihr Ziel fanden, der Rest war verschwendet. Fati erledigte das Problem professioneller, denn jeder seiner Schüsse traf.

 Unter großen Schmerzen stand Fati mit wackligen Knien auf, der Blutverlust schien ihn ordentlich mitgespielt zu haben. Andreas lag nur apathisch auf dem Boden und regte sich gar nicht. „Komm, steh auf, wir brauchen dringend Hilfe. Es werden in ein paar Minuten mehrere auftauchen und die Polizei dürfte auch schon alarmiert sein.

Für einen Anfänger gar nicht schlecht, Du hast die beiden gefährlichsten von denen erwischt. Den mit dem Raketenwerfer und den mit der automatischen Schrotflinte.

Fati humpelte zu der erledigten Motorrad-Gang hinüber und schnappte sich den Raketenwerfer und die Schrotflinte und noch eine Waffe, die Andreas nicht ganz erkennen konnte.

Dann halt Fati Andreas auf die Beine. „Zieh dein Shirt aus, bitte." Andreas verstand nicht. „Was willst Du?" Fati verdrehte die Augen, Tränen liefen ihm über die Wangen und er schien große Schmerzen zu haben, die er nur mühselig unterdrücken konnte.

„Zieh einfach dein verdammtes Shirt aus!" Dabei sackte Fati in die Knie. Andreas tat, was Fati von ihm verlangte und zog sein Shirt aus. Fati riss ihm das Shirt gierig aus der Hand und riss es in Streifen, legte sich um seine blutende Wunde ein Druckverband und atmete langsam und flacher, blieb dabei auf dem Boden liegen. Andreas merkte, wie Fati schwächer wurde, ihn seine Kräfte verließen.

„Wir haben uns bei dem Gegner überschätzt, sie sind gefährlich und haben uns ja schon so gut wie erledigt." Andreas kam zu dem Entschluss, dass es wohl hieß, Abschied zu nehmen und ein schnelles Ende in einem Konflikt fanden, wo sie nicht den Hauch einer Chance gehabt hätten. „Andreas..."

Andreas packte sich Fati und sattelte ihn auf seine Schulter. Er war zwar schwerfällig und übergewichtig, aber recht kräftig und nahm den Killer, wie er es aus Kriegsfilmen kannte, wenn ein Soldat einen verwundeten Kameraden aus der Hölle des Dschungels retten wollte. „Wer bist Du und was willst Du?" Fati verlor das Bewusstsein und aus seiner erschlaffenden Hand rutschte der Raketenwerfer.

Die Schrotflinte hing schwer auf seinem Rücken und machte ihn zusätzlich schwerer, als er war. „Das würdige Ende eines Killers. Verblutet, aber ist noch in den letzten Augenblicken seines Lebens schwer bewaffnet. Ich gehe, aber die Kanonen kommen mit!"

Auch wenn die Situation ernsthaft und bedrohlich waren, konnte Andreas in der Situation lächeln und etwas komisches finden. Seine Verletzungen zeigten sich spürbar, und mit Fati als Gewicht kam er auch nicht weit, denn ihn mangelte die Ausdauer und die gequetschten oder sogar gebrochenen Rippen gaben ihm ein zusätzliches Handycap.

Die Gehirnerschütterung gaben ihn den Rest und Andreas sackte mit Fati auf seinen Schultern zusammen. Andreas blickte mit Schlieren vor den Augen über den Acker, auf denen sie gelandet waren. Ganz in der Nähe kokelte der Van vor sich hin, eine schwere schwarze Rauchwolke zog in den dunklen Nachthimmel, knapp daneben etwa acht erschossene Motorrad-Ganger und nur ein paar Meter weiter die beiden Erben verfluchten Trödels, schwer bewaffnet und schwer verletzt. „Andreas... hilf mir..."

Durch die Schlieren erkannte Andreas ein junges Mädchen, etwa acht Jahre alt, als geisterhafte Gestalt. Sie wirkte sehr traurig. Andreas spürte, wie ihn seine Kräfte und sein Bewusstsein verließen und sah, wie das kleine Mädchen ihre Hand nach ihm aus streckte, danach folgte nur noch kalte und gefühllose Dunkelheit.

6.

Andreas stand auf einem Acker, sah sich und sah den Killer neben sich reglos liegen. Das kleine Mädchen stand bei ihm, war immer noch traurig. „Ich finde keine Ruhe, hilf mir bitte." Andreas blickte sie an. „Bist Du ein Geist? Bin ich tot?" Das Mädchen lächelte nicht, sondern war immer traurig. Andreas vermutete, sie konnte gar nicht anders. Sie war eine unerlöste Seele, die keine Ruhe fand. Dann fing sie an zu stottern, wollte etwas sagen, aber sie fing an, zu schluchzen, konnte nicht sprechen oder klare Worte finden.

„Ich.. will.." Andreas konnte nicht mehr verstehen. Dann blickte er sich um.

„Wo ist Fati? Warum ist er nicht hier?"

Das Mädchen schluchzte lauter. „Sie haben ihn bereits abgeholt." Diesmal bekam sie etwas deutlichere Worte zustande und Andreas wiederholte seine Fragen.

„Bin ich tot?"

Das Mädchen schaute ihn mit großen und traurigen Augen an. „Noch nicht." Andreas war erschrocken und ihn stockte der Atem, merkte jetzt erst, dass er glaubte, atmen zu müssen, aber es nicht brauchte. „Noch nicht..? Ich liege gerade im Sterben, oder?" Das Mädchen weinte, sagte aber nichts. Andreas fühlte sich leicht und befreit, konnte sogar schweben und schaute, wie die Felder kleiner wurden, die Landschaft immer unbedeutender wurden.

„Ich habe es auch schon überstanden. Meine Aufgabe ist hier erfüllt. Keine Comics mehr, keine Statuen und keine Schiessereien. Nichtmal mehr Hunger und Ärger mit Vermietern für eine billige

Bruchbude. Schöne Frauen, nicht mehr relevant. Komme jetzt an einem Ort an, wo das alles seine Bedeutung verliert." Andreas lachte und fühlte sich unbeschwert und glücklich. „Egal, ich hatte mein Leben. Oder vielmehr einen traurigen Schatten der Existenz."
Aber Andreas war das alles plötzlich egal. Er fühlte sich frei. Frei und glücklich, denn es war nicht mehr seine Aufgabe. Er verspürte plötzlich Lust, die Welt einfach hinter sich zu lassen und auf eine Planetenreise zu gehen, jetzt wo er körperlos war und sein Bewusstsein weiter existierte. Er genoss die Auflösung des Egos und die Wiedergeburt mit der All-Einheit. Zumindest glaubte er es, aber er kam nicht weit. Das Mädchen folgte ihm und schaute ihn mit großen und traurigen Augen an. „Du bist hier noch nicht ganz fertig."

„Er kommt wieder zu sich. Schwester, noch eine Dosis, aber seien Sie vorsichtig." Andreas konnte nichts erkennen, aber hörte Schall in der Umgebung, aber weit weg. Alles tat ihm weh, er spürte große Schmerzen, die aber betäubt waren und ihn das Gefühl vermittelten, alles sei halb so wild.

Ein blendendes und gleißendes Licht nahm er wahr, als er versuchte, seine Augen zu öffnen. Alles an ihn verkrampfte sich und er spürte trotz der Betäubung, wo seine Verletzungen lagen. „War er der Einzige der an dem Ort des Verbrechens überlebt hat?" Die Stimmen waren nun deutlicher zu hören und Andreas nahm sie auch klarer zur Kenntnis.
„Wir konnten bei ihm eine Schusswaffe finden, von der auch Gebrauch gemacht wurde. Sobald er Vernehmungsfähig ist, bitte ich Sie, mich zu kontaktieren."
Andreas kamen die Erinnerungen wieder ins Gedächtnis. Er dachte darüber nach, dass er vielleicht nur belogen und benutzt wurde und sich der Mittäterschaft schuldig machte, da Fati ihm nur Lügen auftischte, die aber der Wahrheit nicht entsprachen.
Keine der beiden Seiten waren Gut oder im Recht. Krieg Lüge gegen Lüge und er wurde als Hampelmann missbraucht.
Und er hat die Lügen, die ihm Fati auftischte, sogar noch geglaubt. Andreas fühlte sich miserabel, denn er würde nach dem Krankenhaus-Aufenthalt direkt ins Gefängnis wandern, aber hoffte, dass wenn er eines Tages wieder auf freiem Fuß sein würde, wenigstens genug seiner Alben verkauft haben würde, dass er den Rest seines Lebens noch halbwegs bescheiden verbringen konnte. Er sehnte sich plötzlich nach seinem alten Leben zurück, dass er vor etwa zwei Tagen verloren hatte und sich mitten in einem Abenteuer befand, das sich nicht lohnte. Andreas bereute es wiedermals, dass er nicht zu Hause geblieben war. Er hörte, wie jemand näher kam, konnte aber dennoch nichts sehen, nur das blendend gleißende Licht und die Schlieren vor seinen Augen. „Können Sie mich hören?" Die Frage war vorsichtig, aber direkt.
Andreas vermutete den leitenden Arzt. „Ja, das kann ich. Sind Sie der Doktor hier?" Andreas bekam mit, wie die Person schmunzelte. „Das bin ich. Ich betreue Sie während Ihres Aufenthaltes auf unserer Intensiv-Station. Ich überwache Ihre Genesung und bin erleichtert, dass Sie es so gut überstanden haben, aber Sie sind von der Not-OP noch ziemlich benommen. Ruhen Sie sich aus. Sie brauchen ein paar Tage der Genesung." Andreas atmete flach und vorsichtig, seine Brust schmerzte. „War ich wirklich so schwer verletzt?"
Der Arzt schien ein paar Schritte in dem Zimmer auf und ab zu gehen. „Zwei Rippen sind gebrochen, ein Knochensplitter wurde Ihrer Lunge gefährlich, ihr Schädel war angeknackst, aber nicht ganz so bedrohlich. Sie werden wieder." Andreas war erleichtert, dass er noch lebte. Dass er aus diesem Krieg raus gezogen wurde. „Was waren das für Leute, mit denen ich da zu tun hatte?" Andreas konnte nur stammeln und schwer atmen.
Der Arzt beruhigte ihn und riet ihn, wenig zu sprechen, alles weitere könne geklärt werden, wenn es ihm besser ginge. Der Arzt meinte nur, dass es seiner Erholung nicht gut tun würde, sich über Dinge Gedanken zu machen, die weder zu ändern sind noch eine große Rolle spielen würden, da es alles nun vorbei sei. „Sie haben es überstanden, es wird für Sie kein Problem mehr sein. Allerdings wird die Polizei noch Fragen haben, aber das wird ein paar Tage dauern. Wie gesagt, ruhen Sie sich bitte aus. Wir haben hier noch etwas, das Sie ruhig schlafen lässt und Ihre Regeneration voran treibt." Andreas spürte den Stich in seinen rechten Arm, dann wurde er müde. Die Lider, die er

ohnehin kaum auf bekam, wurden schwer, seine Atmung verlangsamte sich und er verlor abermals sein Bewusstsein.

Ein dichtes und üppiges Gewirr aus alten, knotigen Wurzeln überzog den Boden. Überall duftete es nach Waldboden, Moose und frischem Grün. Ein dichter Wald, spärlich schienen Sonnenstrahlen durch das dichte Blattwerk über ihm. Vor seinen Füßen gediehen leckere Pilze. Dicke und saftige Hüte ließen ihm das Wasser im Mund zusammen laufen. Er bückte sich und wollte einen der dicken und saftigen Pilze pflücken. „Vorsichtig vor dem, denn die Dinge sind nicht so, wie sie scheinen." Erschrocken drehte er sich um und blickte in ein knorriges, Falten überwuchertes Gesicht mit pechschwarzen Augen, aber einer ruhigen, warmen und freundlichen Ausstrahlung. Der Gnom lächelte, auch wenn er einen Kopf kleiner war als er.

Hinter ihm stand das junge Mädchen, immer noch traurig. Er kannte sie nicht anders und war sich sicher, solange sie keine Erlösung finden würde, blieb sie in der Traurigkeit verzettelt. Aber sie war hier. Hier bei ihm. Das beruhigte ihn ungemein, aber er wusste nicht, wieso.

Der Platz strahlte Ruhe, Frieden und Freundlichkeit aus. Ihr Gesicht erschien ihm bekannt, auch wenn er sie nur zweimal gesehen hatte und ihre Stimme vernommen hatte. „Wer bist Du eigentlich?" Das Mädchen schaute ihn mit traurigen Blicken an.

„Ich bin Angela. Wir sind uns in einem früheren Leben bereits begegnet, aber daran hast Du derzeit keine Erinnerungen. Die werden kommen, wenn die Zeit reif ist. In diesem Leben hast Du mit mir nicht viel am Hut, aber ich erinnere mich gut an dich und Du bist die einzige Seele, die mir helfen kann. In einem früheren Leben habe ich großen Schaden angerichtet.

Mein Name war zu der Zeit Sarah.

Ich diente deinem Onkel Gunther. Dein Onkel wurde verflucht und er findet keine Ruhe. Diese Ruhe hat er nicht verdient, für mich gibt es noch Rettung. In der Form, die Angela heisst, durfte ich spüren, was ich als Sarah tat.

Täter und Opfer, damit die Seele reift. Ich komme aber nicht mehr weiter, deswegen brauche ich Hilfe von außen. Menschen, denen es gelingt, mich von der Qual und der Schuld zu entbinden."

Andreas verstand nicht. Der Gnom lachte, küsste den Pilz und hüpfte einen Abhang hinunter und tanzte vergnügt auf einer Wiese voller Blumen.

„Was habe ich damit zu tun?"

Andreas schaute sich das traurige Mädchen an, denn er konnte sich beim besten Willen an gar nichts erinnern. Er verstand sie nicht. „Früher warst Du es, der mich erlöst hatte." Andreas dämmerte etwas. „Und ich soll dich nun wieder erlösen?" Das Mädchen, immer noch traurig blickend, nickte nur, verzog aber keine weitere Miene, nur zu ihrer Traurigkeit oder eingebrannten Melancholie, die sie nicht abschütteln konnte.

„Ja, so ist es." Sie weinte.

„Wie habe ich dich in einem früheren Leben erlöst?" Andreas ging einen Schritt weiter auf sie zu und gemeinsam gingen sie den Abhang hinunter Richtung Blumenwiese, wo der Gnom vergnügt die Blumen küsste und dabei freudig lachte.

Am Rand der knorrigen Wurzeln blieb Angela stehen, während Andreas die Wiese betrat. „Ich kann die Wiese nicht betreten. Ich bin noch nicht erlöst worden, ich bin verzettelt in dem Wurzelwerk hier." Angela blieb stehen und verweigerte jeden weiteren Schritt. Andreas blieb stehen und drehte sich zu ihr um. „Was habe ich damals getan, um dich zu erlösen?" Darauf bekam er keine Antwort, denn Angela fing heftig an zu weinen und löste sich auf.

„Warte! Wie soll ich dir helfen, wenn ich so gar nichts darüber weiß? Ich kann dir nicht helfen, wenn ich keine Informationen darüber habe."

Angela verschwand, auch der Gnom tanzte weiter. Ein Wind wehte und rauschte durch das immergrün der ewig jungen Bäume. Andreas ging ein paar Meter auf der Wiese, schaute sich die Blumen an, die in grellen und fröhlichen Farben seine Laune aufhellten. Manche von ihnen hatten Gesichter, wie er es aus Kindertrickfilmen kannte und alle lachten und waren fröhlich.

„Dies ist der Ort des ewigen Sommers, hier kommen nur wenige menschliche Seelen hin."

Andreas drehte sich um und sah seine Oma hinter ihm stehen. Sie lachte und von der Krankheit, unter der sie damals verstorben war, war nichts zu sehen. Sie fand ihre Ruhe und wurde von der Schwere ihres Lebens gelöst. „Wir sind hier glücklich." Seine Oma winkte ihm zu und verschwand. „Was ist mit mir? Ich bin auch hier. Bin ich auch schon tot und erlöst? Habe ich meinen Frieden gefunden?" Er bekam keine Antwort.

Er hatte seine Aufgaben noch zu bewältigen, seinen Grund in seinem hässlichen und vergeigten Leben. Musste gegen eine Gang oder Sekte aussagen, den Trödel los werden und sich ein schlechtes Comicalbum von seinem Redakteur um die Ohren hauen lassen, da er zu viele grobe Fehler rein gehauen hatte und die Story zu flach und billig war, als dass man sie hätte der Öffentlichkeit präsentieren können.

Ferner musste er auch noch ein Kind erlösen, die er in einem früheren Leben bereits erlösen konnte, aber diesmal wieder von ihm erlöst werden wollte, ohne dass sie ihm sagte, wie er das machen sollte. Seine Aufgaben waren klar und kosteten ihn noch Nerven im Überfluss. Andreas hatte auf seine Aufgabe keine Lust. Er fing an zu lachen, tanzte und tollte über die Blumenwiese wie der Gnom, schnupperte und unterhielt sich mit den Blumen und wollte nicht mehr gehen. „Oma, ich bleibe bei dir." Dabei lachte er und tanzte, drehte sich im Kreis und war glücklich wie ein Kind. „Deine Zeit ist noch nicht reif." Andreas Herz verfinsterte sich, er fühlte sich hilflos.

„Von ewigen Sommer zurück nach Duisburg ist schon eine Erfahrung, die manche Seelen zerrissen haben. Ihr seid in Wahrheit Sadisten und dieser Ort ist Wunschdenken meiner unerlösten Psychose, oder?"

Der Ort verblasste und er wurde gezogen, an einen anderen Ort. Auf seiner Seelenwanderung sah er Dinge, Orte und Kreaturen, die ihm nie in den Sinn gekommen wären. Dann wurde es richtig dunkel.

„Fühlen Sie sich nun besser?" Andreas öffnete die Augen. Sie brannten. Er konnte aber besser sehen und der Blick wurde nach dem anfänglichen Brennen klarer. Er erkannte, dass er in einem Krankenhaus-Zimmer lag, über und über bearbeitet war mit Bandagen, Pflastern und Salben. Der junge Arzt lächelte freundlich. Er hatte eine sympathische Art an sich, der Andreas auch sofort vertraute. „Schön, dass Sie so gut genesen und schon bald die Intensiv-Station verlassen dürfen. Ihr Zustand ist weiter stabil, das erfreut uns sehr."

Der junge Arzt lächelte. Andreas war mulmig zumute. „Ich habe geträumt von schönen Dingen und Orten, das erhöht die Heilung. Geist und Körper sind sich eins. Der Zustand ist abhängig von dem Geisteszustand eines Patienten." Andreas rutschten die Worte so raus, ohne darüber nachgedacht zu haben. „So ähnlich sehen wir Mediziner es ebenfalls.

Die Psyche spielt bei der Heilung eine große und wesentliche Rolle, das stimmt wohl." Andreas schaute zur Decke hoch und merkte, dass ihm die Brust nicht mehr so weh tat. „Wie lange muss ich hier bleiben?" Der Arzt sah auf die Uhr. „Oh, ich habe Termine, ich muss mal langsam los. Also, wenn Sie so weiter auskurieren wie derzeit, können Sie morgen oder übermorgen die Station wechseln, je nach Beurteilung des Chefarztes. Insgesamt vielleicht eine gute Woche, dann können Sie nach Hause."

Andreas gefiel der Gedanke, immerhin war das Essen im Krankenhaus besser als der Fast Food Dreck bei sich zu Hause. Zudem war es heller, sauberer und freundlicher. Er nahm sich vor, sobald alles überstanden war, mal richtig zu putzen und auf zu räumen.

Andreas fing an, sich über sich selber zu ekeln. Ein Perspektiven-Wechsel hatte er dringend nötig und würde ihm auch gut tun. Vielleicht durfte er in dem Rest seines Lebens ja auch noch genug Glück haben, dass er den Ort wechseln konnte. Raus aus Duisburg und rein in eine Welt, die netter war. Vielleicht auch ganz raus aus dem Ruhrgebiet. Vielleicht Hessen oder so.

Andreas bekam große Lust, sein Leben zu ändern, seine Hygiene neu zu definieren und mehr Freude, Lebenslust und neue Menschen in seinem Leben zu zu lassen, wenn das alles vorbei war. „Es war mehr als nur ein Traum, das habe ich begriffen." Andreas atmete tief durch und freute sich innig. Ihn durchströmte eine wohlige innere Zufriedenheit, die er lange nicht mehr gespürt hatte.

Dann kamen schlagartig die Erinnerungen an die Geschehnisse und Erlebnisse zurück. Fati fiel ihm ein. Sein lebloser Körper lag im Dreck einige Meter vor ihm, Blut überströmt und die letzten Zuckungen von sich gebend. Dieses Bild brannte sich in seinem Gedächtnis ein. Dann dachte er an den Dolch. Panik ergriff ihn und er zuckte zusammen.

Er hatte den Dolch bei Fati liegen gelassen. Der Schock und der Schmerz waren zu stark und Andreas hatte andere Sorgen gehabt. Er freute sich, dass er überhaupt noch lebte. Seine Habseligkeiten waren auch weg. Die Statue und der Brief.

Andreas lag im Bett in einem Nachthemd und konnte sich kaum rühren. Er hoffte nur, dass diese Sekte die Klamotten nicht hatten. Sollten sie die Artefakte bereits in ihrem Besitz gebracht haben, würde die Welt ja erfahren, was geschieht.

Andreas dachte einen Moment an die Sekte. Er hatte vergessen, zu fragen, wie diese Sekte überhaupt heißen würde. Er kannte den Namen gar nicht.

„Wie kann man nur so verdammt dumm sein? Nein, ich habe wiedermal in meinem Leben verloren!" Andreas fühlte sich wie der letzte Verlierer auf diesem verdammten Planeten. Wahrscheinlich war er es auch.

Er blieb liegen und schloss die Augen. Immer noch die schrecklichen Bilder von dem Angriff auf den Van vor Augen. Er konnte sie nicht abschütteln.

Dann fielen ihm wieder die Namen Sarah und sein Onkel ein. Gunther. Onkel Gunther, der Führer der Sekte. Langsam dämmerte es ihn, was er mit der ganzen Sache zu tun hatte. Das Mädchen Angela wollte von ihm erlöst werden, was sie in einem früheren Leben schon einmal erleben durfte. Die Erlösung durch ihn. Er konnte sich nicht daran erinnern. Weder, welche Rolle er dabei spielte, noch wie sie ihn als Sarah erlöst hatte.

Sein Onkel hatte damals mit der Situation zu tun gehabt und spielt es noch immer. „Angela. Oder Sarah. Bist Du hier?" Andreas stellte fest, dass er in dem Raum alleine war und konnte die Frage getrost stellen, ohne als bekloppt oder ähnliches gehalten zu werden.

Es war still in dem Raum. Angela zeigte sich nicht. „Ich weiß, dass Du hier bist und mich hören kannst. Zeige dich mir bitte. Ich brauche mehr Informationen über dich und meinen Onkel. Wo ist er und was ist das für eine Sekte?" Andreas lauschte in die Stille.

Er erhielt keine Antwort. Minuten vergingen und er wartete geduldig, rührte sich dabei nicht mal. Er starrte nur gebannt in den Raum und wartete. Angela ließ sich nicht blicken. Andreas schnaubte und gab frustriert auf. Schlafen konnte er allerdings nicht und suchte in seiner Umgebung nach etwas, das ihn ablenken konnte. Etwas, das seine Gedanken beruhigen konnte.

Auf dem Nachttisch lag eine Bibel. Eine kleine, gelbe Seidendecke und eine Blumenvase mit halb verwelkten Nelken zierten den Tisch. Der Raum hatte weder einen Fernseher noch irgend ein Radio. Andreas stellte fest, dass es in dem Raum auch kein Telefon gab.

Nur den Rufknopf für die Schwester, den Andreas auch direkt betätigte. Das Lämpchen blinkte und er wartete. Nach etwa zehn Minuten des Wartens tauchte eine gestresste und schlecht gelaunte Schwester auf, schaltete den Rufknopf aus und zog die Gardinen zu.

Dann beachtete sie den Patienten, verzog keine Miene und schaute ihn nur grimmig an. Sie sparte sich die Frage, was er denn wolle. Hielt Höflichkeit scheinbar für Zeitverschwendung.

„Mir ist langweilig und suche etwas, das mich ein wenig ablenkt und mich zur Ruhe kommen lässt. Ein Herren-Magazin mit nackten Frauen drin, wo ich davon die Artikel lesen kann und vielleicht so etwas wie einen Fernseher hätte ich..."

Die Schwester wendete sich von seinem Bett ab, verzog weder die Miene noch zuckte sie mit der Wimper und schritt wie ein Roboter aus dem Raum heraus, ersparte sich weiterhin jeden Kommentar. „Hallo? Ähm, bekomme ich denn jetzt was?"

Die Tür ging zu und Andreas war wieder alleine in dem Raum, diesmal dunkler als vorher. Angela tauchte auch nicht auf und Andreas fühlte sich richtig unwohl und verängstigt. Die Gedanken kreisten weiterhin durch seinen Kopf und immer wieder tauchte der schlaffe Körper von dem Dealer und dem Killer auf, den er vor wenigen Stunden verloren hatte.

Die schwarz gekleideten Gestalten der Sekte, die Jagd machten auf die beiden kamen immer wieder zum Vorschein. Andreas gruselte der Gedanke, dass sie längst im Krankenhaus waren und nur noch ihn ausschalten brauchten. Das Mädel namens Dany hatten sie bereits, Fati starb als nächstes und Andreas war kurz davor. „Da war aber noch etwas über eine oder einen vierten Erben im Bund." Die Tür ging auf und eine Schwester stand in der Tür, diesmal eine freundlichere und auch weit jüngere. Sie lächelte Andreas zu und kam an sein Bett heran.

In der Hand hielt sie eine Spritze. Die Nadel war lang und dünn. Angstschweiß lief ihm von der Stirn und er wurde bei dem Anblick kreidebleich, rang mit seinem Kreislauf und fühlte sich schwindelig. Alles drehte sich und er sank in sein Kissen zurück, sein Magen rebellierte und er musste würgen. „Der Patient hat Einschlafprobleme und benötigt etwas, das ihn beruhigt?" Die Schwester bemühte sich, freundlich zu klingen.

„Es geht schon wieder, danke." Die Schwester lächelte und drehte sich um, verließ das Zimmer wieder. Andreas versuchte, seinen Puls zu beruhigen und seine Atmung zu verlangsamen. Der Schwindel hielt eine Weile an und wollte nicht besser werden.

Er schloss seine Augen und wartete, bis er ruhiger wurde und sich mit der Zeit die Müdigkeit von selbst einstellen würde.

Er wartete einige Stunden und gab sich seinen Gedanken hin. Dann überkam ihn doch die Erschöpfung und er schlief irgendwann ein.

7.

„Guten Morgen." Andreas öffnete die Augen. Eine hübsche Krankenschwester lächelte ihn an. Sie hatte rot blonde und lockige Haare, niedliche Sommersprossen und Andreas fand sie umwerfend. Er lächelte. „Guten Morgen. Hallo." Er lachte sie an und er konnte seine Augen nicht von ihr nehmen. Sie war vielleicht Anfang zwanzig. „Noch nicht lange hier, oder?"

Er versuchte, sie in ein Gespräch zu verwickeln und bemühte sich darum, den Blick von ihr zu wenden. Dann sah er, dass er in einem anderen Raum verlegt wurde. Außer ihm waren noch drei weitere Patienten in ihren Betten, um die sich die Schwester kümmerte.

Eine weitere Schwester tauchte auf, etwas älter als die Süße und dunkelhaarig, auch etwas stämmiger. Andreas hätte sich mit ihr ebenfalls etwas vorstellen können.

Er lächelte sie an und wünschte ihr einen guten Morgen. Sie erwiderte seinen Gruß und begann damit, sein Bett zu machen. „Gleich gibt es Frühstück und vorher wird sich noch gewaschen." Andreas grinste breit. „Von euch doch gerne. Wie lange muss ich hier bleiben? Zwei Jahre?" Die Schwester lächelte höflich.

„Sie werden morgen schon entlassen." Sie begann damit, ihn mit einem Waschlappen zu bearbeiten.

„Morgen schon?" Andreas dachte, dass er wenigstens eine Woche bleiben würde und nette Mädchen zu Gesicht bekäme.

„Wieso morgen schon? Ich bin doch noch krank und übel lädiert. Ich kann mich kaum regen." Die Schwester wurde ernst und distanzierte sich etwas von ihm. „Sie werden in ein Strafgefängniss verlegt, Sie sind soweit Vernehmungsfähig."

Andreas wurde mulmig. „Schwester, ich möchte mein Zimmer nicht mit jemanden teilen, der ein Verbrecher ist. Das tut meinem Herzen nicht gut." Ein weiterer Patient schreckte auf und zeigte auf Andreas. „Der da ist ein Verbrecher? Dann will ich auch nicht."

Die beiden Schwestern schauten sich an. „Dann müssen wir ihn auf ein Einzelzimmer verlegen, wir haben noch eins frei am Ende des Westflügels. Dort können wir ihn bis zu seiner Abholung unterbringen." Die Schwestern machten sich daran, Andreas in seinem Bett auf den Flur zu rollen. „Wir können Sie gut verstehen, aber machen Sie sich bitte keine Sorgen."

Auf dem Flur war so früh morgens schon regelrechte Hektik. Die ersten Sonnenstrahlen schienen durch das Fenster und Andreas wurde einen langen Flur entlang geschoben, dann bogen sie um eine Ecke und folgten einen weiteren Flur bis fast an sein Ende.

Eine der Schwestern schloss die Tür auf und schoben ihn direkt an eine der beiden freien Wände, wo sie die Bremsen des Bettgestells anzogen. Keine der beiden lächelte auch nur ansatzweise. Als sie mit ihm fertig waren, verließen sie wortlos das Zimmer, schlugen die Tür sogar lautstark zu.

Andreas war alleine in einem recht kleinen Zimmer für gesonderte Patienten. Im Zimmer war es jedenfalls hell. Ein Bild von einem ländlichen Bauernhof mit vereinzelten Tieren auf den Feldern rings um den Bauernhof hing an der gegenüberliegenden Wand. Ein etwas größeres Bild von Van Gogh hing an der Wand direkt neben dem Fenster.

Der Raum hatte einen Fernseher, der an der Decke in einem Gestell gefestigt war. Dann öffnete sich die Tür und eine Schwester brachte ihm ein Tablett mit Frühstück, sagte ebenfalls kein Wort und beeilte sich, wieder aus dem Zimmer zu kommen, ohne Zeit verlieren zu wollen.

„Kann ich gleich auch mal Fernsehen gucken?"

Die Schwester blieb in der Tür stehen, beeilte sich, die Fernbedienung zu nutzen und schaltete das Gerät ein, flüchtete nahezu aus seinem Zimmer.

„Kann ich ein anderes Programm sehen, denn dieses da interessiert mich nicht. Irgendwas mit Trickfilmen würde ich gerne sehen."

Die Schwester verlor langsam die Geduld, während Andreas in sein Brötchen biss. Die Schwester schaltete um und schaltete weiter. Nach vier Versuchen erfreute es Andreas, das gerade etwas irgendwo lief, dass sein Interesse erregte. Die Schwester war dankbar, das Zimmer endlich verlassen zu können.

„Kann ich noch ein Brötchen haben? Eins mit Marmelade?"

Die Tür flog zu und Andreas starrte auf den Bildschirm, verfolgte die Dokumentation, die gerade lief. Er schaute etwa eine Stunde, bis sich der Fernseher von selbst abschaltete. Mürrisch verzog er seine Miene. „Was soll das denn?" Die Tür ging auf und er freute sich.

Die Schwester nahm ihm das Tablett ab und putzte die Krümel von seiner Bettdecke. „Der Fernseher ist gerade einfach ausgegangen und ich wollte noch ein Brötchen haben." Die Schwester atmete hörbar und tief durch die Nase ein. „Der Fernseher ist auch nur für eine Stunde täglich begrenzt. Brötchen gibt es morgens nur eins. Sonst noch etwas?" Andreas suchte sein Nachttisch ab. Es war leer. „Vielleicht was zu lesen? Ein Herrenmagazin wäre klasse."

Die Schwester verließ den Raum. „Ich werde sehen, was ich auftreiben kann." Dann schloss sie die Tür und ließ ihn alleine.

Er war genervt und schaute sich gelangweilt um. Keine Beschäftigung und ein langer Tag im Bett und der Gedanke an den Tag darauf. Er sollte in das Gefängnis verlegt werden. Die Minuten verrannen wie Stunden. Wie gefühlte Stunden, wobei Andreas immer wieder zur Decke starrte, dann den Blick zum Fenster wechselte und nach ein paar Minuten wieder die Decke anstarrte. Die Zeit kam ihm vor wie eine qualvolle Folter.

Dann öffnete sich die Tür und der Arzt kam herein. In seiner Begleitung befand sich eine Krankenschwester. Die Schwester lächelte. „Ihr Befinden ist auf einem guten Weg, Sie können morgen verlegt werden."

Der Arzt lächelte und machte keine Anstalten, Andreas zu untersuchen. Er wollte nicht einmal wissen, wie es ihm gehen würde. „Gleich gibt es Mittagessen." Beide lächelten höflich und verließen den Raum. Andreas schrie. „Bin ich etwa kein Mensch oder warum werde ich hier so miserabel behandelt? Was ist los?" Er drückte den Rufknopf. Die Tür ging auf und eine Schwester erschien in der Tür. In der Hand hielt sie eine Spritze, ähnlich lang und dünn wie die Spritze am letzten Abend auf der Intensiv-Station.

Auch ihre Miene war dieselbe wie die Roboter-Schwester am Abend davor. Sie stellte den Rufknopf aus und beugte sich über Andreas, die Spritze nahe an seinem Gesicht fuchtelnd, während die Schwester seinen linken Oberarm frei machte.

„Hallo? Wieso werde ich behandelt wie ein Stück Dreck?" Andreas wurde hysterisch und die Schwester stach zu. Die klare Flüssigkeit wurde in seine Ader gepumpt, bis der letzte Tropfen aus der Kanüle gedrückt war. Andreas fühlte sich weich und mulmig zugleich. Seine Zeitwahrnehmung verzerrte sich und er fühlte sich, als würde er auf einer Zuckerwatten-Wolke liegen. Es fühlte sich für ihn so an, als würde er regelrecht zerfliessen.

„Ich hoffe, der schwer gestörte Patient ist endlich beruhigt und wird für Jahre in der Psychiatrie verschwinden, sollten die Richter ihn für unzurechnungsfähig erklären."

Eine große und breite Gestalt tauchte an seinem Bett auf. Andreas erkannte ihn nur als schemenhaften Schatten, der sich langsam in Zeitlupe bewegte. „Entfernt diesen Abschaum." Dann drehte sich die Decke und Andreas verfiel in ein Koma.

Das Bett war rostig und abgezogen. Keine Matratze, nur das blanke Gestell. Der Rost hatte das Gestell stark zerfressen. Der Boden war dreckig und auf dem gesamten Boden klebte eine trockene und dunkle Flüssigkeit. Altes und geronnenes Blut. Das Tischchen neben dem Gestell war verfault und lag in einzelnen Holzfragmenten auf dem Boden verstreut.

Der Fernseher lag zerbrochen auf dem Boden. Das Fenster war vergittert und die dicken Stäbe vom Rost zerfressen. Eine dunkle, gelb orangene Sonne schien vom Himmel, aber das Licht war schwach. Die Schatten an der Häuserfassade des Krankenhauskomplexes auf der anderen Seite waren tief und dunkel.

Das Glas war entfernt, vereinzelte Splitter lagen auf dem verkrusteten Boden herum. Angela stand an dem Fenster und lächelte, sagte aber nichts. Die Tür war komplett entfernt. Der Flur sah ähnlich aus, auf dem Boden klebte geronnenes Blut.

Die Wände gaben eine grün braune Fassade wieder. Er konnte nicht genau ausmachen, was es war. Getrockneter Schleim von etwas, das er nicht wissen wollte. Er ging den Flur ein paar Meter entlang und spürte, dass es immer dunkler und kälter wurde.

Das Gebäude war still, niemand hielt sich irgendwo in seiner Nähe auf. In der Ferne hörte er ein Weinen. Das Weinen schien von einer alten Frau aus zu gehen.

Er ging weiter, auf das Weinen zu. Je weiter er den Flur entlang ging, merkte er, dass das Weinen nicht lauter wurde. Es blieb weiter in der Ferne.

Es stank bestialisch auf dem Flur, aber er atmete nicht, roch es nur kurz. Als er vorsichtig um die Ecke schlich, sah er in der Mitte des Flures eine einzelne Halogenlampe brennen. Die Glühbirne war stark verschmutzt und gaben nur schwach Licht wieder, der Großteil des Flures lag weiter im Dunkeln. Das Wimmern und Weinen kamen scheinbar vom Ende des Flures.

Dicke Motten tanzten um das wenige Licht. Die Motten waren etwas größer als diejenigen, die er so kannte, aber nicht viel größer. Ihm fiel nur auf, dass die Motten träge und dick wirkten. Fast als seien sie müde. Sie wollten das Licht erreichen und konnten es nicht. Sie waren erschöpft und ihnen blieb das Licht verwehrt. Er ging weiter, kam der Lampe im Flur näher.

Die Motten registrierten ihn nicht. Als er an dem Licht angekommen war, blieben die Motten ruhig und krabbelten an der Lampe entlang, wirkten aber ansonsten wie gewöhnliche Motten. Das Weinen stammte nicht von ihnen, wie er erst vermutete. Das Weinen war weiter weg und er ging weiter. Dann erreichte er das Ende des Flures und blieb vor einer Tür stehen und lauschte an der Tür. Das Weinen kam aus dem Raum dahinter.

Er öffnete die Tür und sah ein großes Bettgestell mit einem Käfig ringsherum. An den Wänden waren drei verdreckte und erschöpfte Schwestern gekettet, eine wimmerte, die anderen beiden regten sich nicht. In dem Bett-Käfig befand sich eine Kreatur, die ihn erschaudern ließ. Lange und dünne Beine wie bei einem Insekt.

Ein dicker Körper, braun und solide von einem Chitin-Panzer geschützt, der Kopf war überdimensional groß und hatte das Gesicht einer alten Frau, die Augen tiefschwarz und hervor quellend. Aus ihrem breiten Mund troff grüner Schleim.

Sie wurde durch seine Anwesenheit aufgeschreckt und hielt dabei den schlaffen Körper einer Schwester, halb gefressen. Ein lautes Geifern entrann der Käfer-Oma und er drehte sich ruckartig um und verließ das Zimmer. Der grüne Schleim an den Wänden rann träge auf den Boden, wurde nach wenigen Momenten flüssiger und rann schneller, sammelte sich auf dem Boden und breitete sich schnell aus, den kompletten Flur entlang.

Er rannte zurück zu seinem Zimmer, berührte den Schleim auf dem Boden nicht. Er erreichte sein Zimmer. Am Fenster stand Angela, blickte in die Ferne. Sie hatte ihm ihren zierlichen Rücken zugedreht und beachtete ihn nicht.

Dann drehte sie sich zu ihm um, schaute ihn mit milchig weißen Augen an, sie war bleicher als sonst und zeigte in ihrem Gesicht und an ihrem Hals blau-violette Verfärbungen. Ihre Zunge war schwarz. „Sie rufen dich bereits."

Andreas öffnete die Augen. Er lag immer noch in dem Zimmer. Alles war wie vorher. Sauber, still und er war alleine.

Es war noch immer hell. Sein Blick wanderte zu dem Fenster und er konnte nach dem Stand der Sonne ausmachen, dass es früher Abend war. Oder später Nachmittag. Er drückte den Rufknopf und merkte, dass kalter Schweiß ihn an allen Stellen bedeckte.

Er fröstelte.

Das Warten auf eine Schwester wurde ihm schnell erspart. Die Tür öffnete sich nach wenigen Minuten des Wartens.

„Sie sind wach." Die Schwester stellte es fest, ohne Gesichtsausdruck. „Seid ihr Roboter? Freut ihr euch, dass ihr mich zum Schweigen gebracht habt?"

Die Schwester schaute ihn an.

„Nein, wir sind keine Roboter. Wir haben nur einen schlechten Tag. Sie wurden ruhig gestellt, weil sie auffällig sind und an schweren Psychosen leiden. Es gibt gleich Abendessen, aber Sie bekommen noch ihren Nachmittagskuchen." Die Schwester ging und interessierte sich nicht weiter für den Zeichner und seine Belange.

„Ich wollte auch noch etwas zu lesen. Was ist damit?" Die Tür schlug zu und Andreas wartete.

Nutzte die Zeit, um sich von seinem Schlaf zu erholen, der ihn mehr Kraft raubte als er brachte. Der Traum erschien ihm so real. Er halluzinierte also doch.

Es lag wohl doch an ihm. Aber die Mediziner konnten ihm keine Substanzen oder Drogen in seinem Blut nachweisen. Zumindest hatte er keine genommen gehabt und erinnerte sich auch nicht daran, irgendwas genommen zu haben. Dann fiel ihm der Drink im Bungalow wieder ein. Der Rum, den er mit Fati genossen hatte.

„War in dem Rum etwas drin? Hat Fati da doch etwas rein gemischt gehabt? Eine Art Killer-gefügigmach-Droge?" Andreas grübelte laut nach und erinnerte sich an einen Comic, den er vor Monaten gelesen hatte, wo es eine ähnliche Situation schilderte. Allerdings hatte der Täter in dem Comic nicht von dem Alkohol getrunken, aber verwandelte die Party-Gäste in willenlose Marionetten, die sein blutiges Werk vollbrachten und den wahren Täter verbargen. Der Comic erzählte die Geschichte aus der Sicht eines geisteskranken Killers, der am Ende den Bundeskanzler umlegen wollte, aber nicht schaffte. Fati schien ihm ein ähnlicher Fall zu sein.

„Stimmt. Der Comic wollte mich mit einer Lektion warnen. Hätte aber nie gedacht, dass ich mal in so einer Situation stecken könnte. Heftig."

Andreas bekam Angst, dass er so richtig tief im Dreck saß wegen der Begegnung. Dann suchte er seine Sachen, Kleidung, Schuhe, Pegament, Statue und Brieftasche. Er sah den in der Wand eingelassenen Schrank, hellbraun und geschlossen.

Die Tür öffnete sich und eine Schwester kam mit einem Tablett herein. Auf dem Tablett lag eine Spritze und mehrere Medikamente.

„Was wollen Sie damit? Wo bleibt mein Kuchen?" Die Schwester stellte das Tablett auf das Nacht-Tischchen und drehte ihn auf die Seite, machte seinen Allerwertesten frei und kurz darauf merkte Andreas das Stechen. „Der Kuchen kommt gleich." Andreas freute sich, dass es überhaupt eine Reaktion seitens der Schwester gab.

Dann drehte sie ihn wieder herum und verabreichte ihn zwei Pillen und einen kleinen Schluck einer bitteren Flüssigkeit. „Das wird Ihre Psychose hemmen. Sie werden in den kommenden Stunden keine klaren Gedanken mehr fassen. Die Spritze ermöglicht es Ihnen, bis morgen durch zu schlafen und dann sind wir Sie endlich los. „Schon wieder ins Koma geschickt? Was seid ihr nur für Hexen?" Die Schwester wendete sich ab.

„Wie schon erwähnt, Sie sind ein psychisch kranker Verbrecher, sollten Sie auf schuldig gesprochen werden. Alles deutet darauf hin, dass Sie es sind. Wir halten nur respektvolle Distanz zu Subjekten wie Ihnen und wollen einfach keinen Ärger. Die anderen Patienten sind uns dafür sehr dankbar, da viele fürchten, Sie würden hier ebenfalls ein Blutbad anrichten, würden Sie derzeit zu fähig sein."

Die Tür ging auf und haute der Schwester fast das Tablett aus der Hand.

Eine weitere Schwester kam lächelnd herein. „Ihr Kuchen und etwas Tee." Sie stellte es auf sein Nacht-Tisch ab, lächelte und verließ mit der anderen Schwester den Raum. Andreas wurde flau im Magen und er musste bei dem Anblick des Kuchens würgen. Dann setzte der Schwindel und die Müdigkeit ein, aber Andreas kämpfte dagegen an.

Er bäumte sich mit seinem Oberkörper vor und zwang seine ganze Willenskraft, sich gegen das Serum zur Wehr zu setzen.

„Ich will nicht einschlafen. Ich will wach bleiben. Bleib wach!"

Er merkte, dass seine Muskeln schlaffer wurden und der Widerstand schwieriger. Dann sang er erschöpft ins Kissen zurück.

„Bleib... wach..."

Schlieren und Tränen verzerrten seinen Blick, es drehte sich alles um ihn und er versuchte ein weiteres Mal, seinen Oberkörper vor zu beugen.

„Bleib wach." Er zwang sich und kämpfte gegen die Betäubung an. „Bleibe bitte wach. Wach." Er wiederholte den Satz öfter, aber nach ein paar Minuten verlor er den Kampf gegen die Wirkung des Serums. Er sank zurück und schlief ein.

8.

Ein langer und schmaler Gang erstreckte sich in endlos weiter Ferne. Er konnte keine Lichtquelle ausmachen, aber es war dennoch hell in dem Gang. Kein Schleim, kein Blut, kein sonst etwas zierten Decke, Wände und Boden. Auch keine Türen weit und breit. Ein langer Gang mit glatten Steinwänden, als wäre der Gang poliert worden.

Er folgte dem Gang.

Ein paar Meter weiter blieb er stehen und blickte sich um. Egal, in welche Richtung er schaute, beide Seiten gingen in die Endlosigkeit. „Hallo? Hört mich jemand?" Auf einmal kam er sich unglaublich dumm vor.

Er erwartete keine Antwort, war sich sicher, er bekam ohnehin keine. Er ging den Gang weiter, folgte der Richtung, der er ursprünglich gefolgt war. Er ging einfach nur, ohne Ausweg und ohne klares Ziel. Er hoffte einfach nur, dass der Gang irgendwann enden würde. Der Boden, die Wände, die Decke, alles war so fein und glatt poliert.

Jeder Meter glich dem anderen. Er dachte darüber nach, dass der Gang nur kurz war, er aber auf der Stelle stehen blieb oder sich in Abschnitten nur wiederholen würde. Nach einer Weile blieb er stehen und tastete nach der Wand.

Sie war kalt und massiv. Er verlor die Hoffnung, einfach durch die Wand gehen zu können. Der Widerstand bremste ihn und er konnte Materie fühlen.

Die Wand war tatsächlich Stein. Er ging weiter, tastete dabei die Wand ab, konnte aber nichts finden. Dann versuchte er einige weitere Meter die Wand auf der anderen Seite ab zu fühlen. Er fand nichts.

Dann ging er einfach nur geradeaus, ohne die Wände zu beachten. Nach einer Weile fing er an, zu laufen. Er lief und der Gang nahm kein Ende. Dann blieb er stehen und trommelte gegen die Wände. „Lasst mich hier raus!"

Er lief weiter und stolperte, fiel hart auf den glatten Steinboden. Er trommelte wild auf den Stein ein. „Hilfe! Lasst mich hier raus!"

Sein Trommeln erwies sich als Zwecklos und niemand erlöste ihn von seinem Gefängnis. „Ich bin Gefangener meines eigenen Verstandes, oder? Angela? Gibst Du mir wenigstens eine Antwort? Ich meine, wie kann ich dich erlösen, wenn ich nicht einmal in der Lage bin, mich selber zu befreien? Ruhe zu finden? Du antwortest deswegen nicht, weil Du dich nach einem tauglicheren Kandidaten umschaust, der dir weit besser helfen kann, oder? Ich meine, was willst Du auch mit so einem Verlierer wie mir? Du hast weit bessere Unterstützung verdient. Ist es das? Rede mit mir. Bitte."

Die letzten Sätze waren eher ein flehen und er brach in Tränen aus.

Nichts geschah und niemand reagierte. „Du hast Recht. Auf so ein wertloses Stück Dreck wie mir brauchst Du auch nicht zu antworten. Für was auch?" Er schrie. Nach mehreren nutzlos verstrichenen Minuten beruhigte er sich ein Stück weit. Er stand auf, halb wahnsinnig und desorientiert.

„Was ist hier eigentlich los? Was wird hier mit mir gemacht? Was wollt ihr von mir?"

Er ging weiter, sein Echo brach sich im Gang, das er jetzt erst so richtig wahrnahm, aber keine Reaktion erhielt.

„Ich laufe einfach weiter, bis ich nicht mehr kann und gnädigerweise der Spuk beendet wird. Irgendwann einmal muss etwas geschehen. Mehr als die Ewigkeit kann es nicht dauern. Vielleicht bin ich hier irgendwo gelandet, wo Zeit keine Rolle spielt? In einem Zeit- und Raumlosen Gefängnis, bewege mich auf ewig auf der Stelle."

Ihm fiel eine Szene aus einem Comic wieder ein, wo es um das ewige Jetzt ging, das weder Vergangenheit noch Zukunft kannte.

„Diese Halluzination ist die Spiegelung meines Geistes, oder? Die Rache dafür, dass ich meine Zeit verschwendet habe mit zu vielen Comics und Filmen. Habe mich um das Leben drum herum nicht mehr gekümmert, die Welt gleichgültig sich selber überlassen und mich zu einem Versager gemacht, obwohl ich es hätte besser machen können."

Er ging weiter und folgte dem endlosen Gang weiter, klopfte zwischendurch an die Wand und hoffte auf irgendetwas, das ihm weiterhelfen konnte.

„Vielleicht bin ich auch schon tot? Gefangener im Fegefeuer, das nun selber Erlösung braucht? Angela ist gegangen, weil ein Versager wie ich nur scheitern kann?" Er verlor die Fassung und brüllte. Brach zusammen und sank auf die Knie.

„Bitte, ich will hier raus. Beende diesen Alptraum. Bitte. Lass mich gehen." Wimmernd sank er in sich zusammen und blieb liegen, heulte vor sich hin und verzweifelte. Nichts geschah, das ihn hätte befreien können oder wollen. Nach einer Weile richtete er wieder den Blick nach vorne. Der Gang war leer und endlos. Nichts hatte sich verändert. Er stand auf und ging weiter.

„Wenn es der Käfig meiner eigenen Idiotie ist, kann ich ihn durch meinen Geist auch ändern. Ich bin der Herr meines eigenen Traumes. Der Schöpfer meiner Wirklichkeit. Ich verändere den Geist, wie ich es will. Ich lasse mir das nicht vorschreiben, was mit mir hier geschieht. Die Wände werden weich und lösen sich langsam auf, geben mir den Weg frei zu meiner wahren Welt."

Er hämmerte gegen die Wände. Die Wände waren kalt und solide wie zuvor. Glatter Stein und keine Veränderungen. Er konzentrierte sich weiter auf die Wand. „Gehe mir aus dem Weg, Du kannst mich nicht aufhalten."

Er erinnerte sich vage an einen Comic, den er vor Jahren mal gelesen hatte. Da war der Held der Geschichte in einem Raum gefangen gewesen und der Raum hatte zwei Türen. Sobald der Held durch eine der Türen ging, befand er sich wieder in der Mitte des Raumes. „Wie hatte er die Situation überwunden gehabt?" Er konnte sich an das Ende nicht mehr erinnern. Er starrte auf die glatte Wand, konzentrierte sich auf einen bestimmten Punkt.

„Tür auf."

Er erinnerte sich an eine Science-Fiction Serie früherer Tage, die er damals geliebt hatte. Auf dem Raumschiff gab es eine Art Vergnügungsraum, wo alles simuliert werden konnte und als völlig real empfunden wurde. Einer der Hauptcharaktere rief dann immer den Bordcomputer, um die Tür aus der Simulation zu öffnen, lief etwas schief.

Hatte aber in seinem Gefängnis keinen Effekt. Frustriert gab er auf und wanderte den endlosen Gang weiter. Schlurfte und lies sich Zeit dabei. Er atmete tief durch. „Eigentlich ist es auch ein schöner Ort hier. Stimmt eigentlich. Warum will ich eigentlich hier weg? Langsam gefällt es mir hier doch recht gut. Man gewöhnt sich dran."

Nichts geschah und er ging weiter, beruhigte sich und lächelte. Dann fing er an, den Gang entlang zu tänzeln. Lachte und tanzte. Lachte dann lauter und tanzte wilder. „Ich liebe diese Mauern!" Er breitete die Arme aus und versuchte, die Wand zu umarmen, gab ein Kuss auf die glatte Stelle und schmiegte sich vergnügt an die Wand. „Ich liebe dich. Du gefällst mir, liebes Gefängnis."

Er küsste die Wand noch einmal und ging weiter. Eine Reaktion, die er darauf erhoffte, blieb abermals aus und ihn frustrierte es nicht weiter. „Ich weiß, Du willst mich für dich behalten. Ich bin auf ewig Dein." Frustriert pfiff er durch die Zähne. „ja, Du hast Recht. Ich liebe dich nicht wirklich und ich will dich endlich los werden. Tut mir leid."

Ihm fiel nichts weiteres ein, was er noch darbieten konnte und ging weiter, blieb stehen, gab auf, schluchzte auf dem Boden und richtete sich wieder auf. Der Gang blieb nach allen Versuchen immer gleich. Er ging weiter und hatte aufgehört, zu zählen, wie oft er mittlerweile frustriert aufgeben wollte und wie lange er bereits in dem Gang gefangen war. Ihm kam es bereits vor wie mehrere Tage. Das Gefängnis wollte ihn nicht erlösen und er konnte sich daraus nicht ohne Weiteres befreien, falls er sich überhaupt befreien konnte.

„Es muss eine Lösung existieren. Aber welche?" Er ging langsam und sah kein Ende des Ganges. Er drehte sich um und schaute zurück. Auch in die andere Richtung, aus der er kam, streckte sich der Gang in die Endlosigkeit. Er ging den Gang tapfer weiter, zwang sich, durch zu halten und das Geschehnis über sich ergehen zu lassen. „Es ist nur ein Traum. Ich finde gar kein Ende, ich wache nur irgendwann auf. Dann ist der Spuk vorbei. Ja! Wache doch einfach auf. Lass mich doch einfach aufwachen." Er bliebt alleine in dem Gang zurück und wachte nicht auf.

„Bitte! Ich flehe dich an! Habe Erbarmen und lass mich hier endlich raus!" Seine Schreie wurden verzweifelter. „Ich bin nur eine Figur, irgendjemand liest gerade den Comic und langweilt sich über meinen Frust, während ich hier den Verstand verliere. Schließe bitte dieses Album und lass mich in Ruhe." Der Gang veränderte sich auch dieses Mal nicht.

Er atmete tief durch und wartete auf eine Reaktion. Er fing wieder an, schneller zu laufen. „Ja, ich bin wahnsinnig! Ich verliere den Verstand und drehe am Rad." Tausend Gedanken schossen ihm durch den Kopf. Dann kroch er auf allen Vieren.

„Sieh mal, ich bin ein kleines Schwein."

Er grunste und wühlte mit seiner Nase auf dem glatten Boden. „Ich spiele im Dreck!" Er grunste lauter, quiekte und suhlte sich im imaginären Schlamm. Dann stand er auf und summte vor sich hin.

„Oder bin ich eine Fliege? Eine Schmeiß-Fliege, die sich über ein Häuflein Scheiße freut und Heißhunger bekommt, wenn er daran nur denkt? Wie gerne würde ich jetzt einen dicken Haufen Scheiße fressen."

Er summte vergnügt und rannte den Gang entlang. Dann hielt er abrupt inne und schlug mit dem Kopf gegen die Wand. Es tat nicht weh und er schlug fester gegen die Wand.

Wieder und wieder schlug er mit seinem Kopf hart gegen die Wand, wurde dabei schneller und immer heftiger. „Ich bin wahnsinnig. Ich bin richtig wahnsinnig."

Irre kicherte er vor sich hin und schlug weiter gegen die Wand ein. „Doktor! Ja, ich bin total verrückt. Ich sehe sogar Geister. Ein Mädchen namens Angela sucht von mir Erlösung. Ich höre sie sogar. Sie erzählt viel von einem Onkel von mir, der eine grausige Sekte anführt. Viele Geister suchen mich heim und wollen, dass ich wen umbringe. Darin bin ich ja geübt. Genau, sperrt mich weg ich bin gefährlich. Stellt mich bitte richtig auf Drogen, so dass ich meine Mutter nicht wieder erkenne. Ich habe keine Mutter mehr. Ihr Kopf liegt in der Gefriertruhe. Jeden Abend kämme ich ihre Haare und male mit Lippenstift die Konturen ihrer kalten und blauen Lippen nach. Ich renne gerne in Strapse herum, trage ihre Kleider, die sie nicht mehr benötigt und masturbiere auf ihren abgetrennten Kopf. Die Axt liegt sogar noch im Keller. Danke, Herr Doktor, dass sie die Welt vor so einem grässlichen Monster bewahren wie mir, ansonsten hätte ich noch Lust, kleine Kinder zu essen. Katzen sind langweilig, das habe ich schon ausprobiert."

Er schlug weiter auf die Wand ein und verzweifelte. Verlor seinen Verstand und spürte, dass noch nie vorher ein Traum so lange und so intensiv währte.

„Das ist gar kein Traum, nicht einmal die Projektion meiner zerbrochenen Psyche. Es ist das Gefängnis, das die Schwestern meinten. Ich bin bereits da und komme nie wieder heraus. Werde vergessen. Die Strafe meiner Sünden."

Dann hörte er auf, mit dem Kopf gegen die Wand zu schlagen und rutschte wimmernd an der Wand entlang, blieb auf dem Boden liegen und weinte. Als er sich aus geheult hatte, befühlte er seinen

Kopf. Kein Kratzer, keine Schrammen. Dann schlug er mit geballter Faust mit aller Kraft gegen die Wand. Kein Schmerz, aber er hörte das Knacken seiner Knochen. Er schaute sich seine Hand an und bewegte die Finger.

Nichts war gebrochen, weder seine Knochen noch der Stein an der Wand. Er stand wieder auf und kam auf die Idee, sich wie ein Roboter zu benehmen. Er erinnerte sich an den Spruch der Schwester, er würde gehemmt und könne gar nichts denken.

Er schaltete jeden Gedanken aus und lief resigniert und monoton den Gang entlang. Seine Bewegungen wurden steifer und er verdrängte jeden Gedanken an irgendwas, sah nur noch geradeaus. Dann sah er Fati mehrere Meter vor sich im Gang stehen. Hinter ihm schlugen Flammen auf. Der weitere Gang war am brennen.

„Endlich mal eine Reaktion! Endlich mal irgendwas." Er freute sich über den Anblick des Killers und der Flammen. Fati war Blut überströmt und schaute aus weißen und Pupillen losen Augen. Der Blick einer Leiche.

Fati reagierte nicht sondern zog den Ritual-Dolch unter seinem Mantel hervor. Dann hob er die Klinge und stieß zu. Traf ihn mitten in die Brust. Ein Schmerz, den er vorher noch nie gefühlt hatte, durchzuckte seinen Körper und ließ ihn taumeln. Er brach auf dem Boden zusammen und spürte die Hitze der Flammen, die immer näher kamen.

„Wir erwarten dich."

Laut schreiend wachte Andreas auf. Spürte, dass er mit schweren Leder-Riemen an eine Couch geschnallt war. Der Raum war nicht mehr der alte, wo er vorher lag. Kalter Schweiß lief ihm in die Augen. „Bin ich jetzt im Gefängnis?"

Andreas erkannte, dass neben ihm ein Arzt im weißen Kittel auf einen Hocker saß, seine Aufmerksamkeit auf sein Klemmbrett fixiert und keine Miene verzog. Er kreuzte irgendetwas auf dem Klemmbrett an.

„Latente Psychose. Schweres Delirium. Unberechenbar." Der Arzt reagierte also doch und nahm in irgend einer Weise den leidenden Comic-Zeichner wahr. „Weiß ich nicht. Was habe ich denn an Auffälligkeiten von mir preis gegeben?"

Andreas stotterte und zitterte, hatte Angst und wählte seine Worte mit Vorsicht. „Wie oft haben Sie diese Aussetzer?" Der Arzt reagierte nicht auf Andreas oder seine Fragen. „Welche Aussetzer?" Der Arzt machte ein weiteres Kreuzchen.

„Hören Sie, ich bin nicht wahnsinnig. Lassen Sie mich gehen oder zumindest mit einem Anwalt reden." Andreas bemühte sich, gelassen zu bleiben. Es gelang ihm nur teilweise. „Haben Sie diese Gemütsschwankungen zu bestimmten Zeiten oder sind die Schübe eher von unberechenbarer Natur? Seit wann haben Sie diese Neigungen zu unkontrollierten Gewaltausbrüchen?" Andreas verstand nicht, was der Arzt von ihm wollte. „Die Ausbrüche habe ich nicht. Die kamen nie und gehen folglicherweise auch nicht. Gemütsschwankungen habe ich wie jeder andere auch. Erlebe ich etwas trauriges.."

Der Arzt notierte etwas auf dem Klemmbrett und machte Kreuze, ließ den Patienten nicht ausreden. „Haben Sie während Ihrer Gewaltperioden so heftige Ausraster, dass Sie sogar fähig wären, zu töten, wenn sich keine Aussenstehenden einmischen?"

Andreas rollte mit den Augen. Egal, was er antwortete, der Arzt schien sich für das, was Andreas zu seiner Verteidigung zu sagen hatte, nicht im geringsten zu interessieren. „Wann hören Sie die Stimmen und was sagen sie Ihnen?"

Andreas schnaubte und holte tief Luft. „Immer dann, wenn ich blaue Veilchen sehe und dabei einen gelben Luftballon halte." Der Arzt machte seine Notizen und kreuzte etwas an. „Danke, das war alles." Der Arzt stand auf und verließ den kleinen Raum.

„Das war alles? Ich habe gar nichts gesagt." Der Arzt nahm davon keine Notiz und ging durch die schwer gepolsterte Tür. Andreas fiel auf, dass der ganze Raum danach aussah, wie er sich eine Pychiatrie vorstellte.

„Eine Gummizelle. Schlimmer als der Gang, von dem ich träumen durfte. Da konnte ich mich frei bewegen. Schickt mich doch wieder ins Koma und während ich so einschlafe, verbrennt ihr meinen

Kadaver und streut meine Asche in den Rhein. Wäre doch was. Nur haltet mich hier nicht fest und macht mich zu etwas, das ich gar nicht bin." Andreas bemühte sich, ruhig zu bleiben, wollte nicht aggressiv oder auffällig wirken.

Den Ärzten keine Angriffsfläche bieten, worauf sie ihn festnageln konnten und Beweise für ihre Anschuldigungen lieferten. Die Tür öffnete sich ein weiteres Mal und ein neuer Arzt kam in die Zelle, auch er hielt ein Klemmbrett.

„Wollen Sie mir die selben dummen Fragen stellen wie Ihr Kollege gerade? Ich habe nichts getan." Der Arzt reagierte nicht darauf und setzte sich auf den Hocker neben der Couch, blickte auf sein Klemmbrett und schrieb etwas. „Seit wann haben Sie diese Anomalien?" Andreas verzog seine Brauen. „Anomalien? Was denn für Anomalien?" Der Arzt notierte etwas und machte ein Kreuzchen. „Sind Sie als Kind schon auffällig gewesen? Erzählen Sie mir etwas aus Ihrer Kindheit. Woran erinnern Sie sich?"

Andreas platzte der Kragen und rang mit seiner Beherrschung. „Warum werde ich eigentlich so penetrant ignoriert? Können Sie auch mal wie ein menschliches Wesen mit mir umgehen?" Der Arzt machte sein Kreuzchen.

„Ich wiederhole meine Frage gerne noch einmal. Bitte erzählen Sie mir etwas aus Ihrer Kindheit. Woran erinnern Sie sich? Wann hatten Sie das erste Mal diesen Hang zu dem anomalischen Fehlverhalten? War Ihr Vater daran Schuld? Welches Verhältnis hatten Sie zu ihrem Vater? Wurden Sie häufiger missbraucht und geschlagen?"

Andreas überlegte, was er sagen sollte. „Als ich acht Jahre alt war, tat ich eine sehr üble Dummheit. Mein Vater hat mich dabei erwischt und.." Andreas stockte der Atem, er wollte nicht weiter reden. Der Arzt horchte auf und wurde neugierig.

Er schaute Andreas an. „Erzählen Sie weiter, was tat ihr Vater dann mit Ihnen?" Tief und gleichmäßig atmete er durch, wollte sich beruhigen. Die dicken Lederstriemen verweigerten ihm, zu tief Luft zu holen. Sie drückten und schmerzten und er verzog das Gesicht, als er sich ein wenig bewegte. „Mein Vater tat.."

Andreas verzog schmerzerfüllt sein Gesicht. „Was war mit Ihrer Mutter? Hat sie daneben gestanden und zugeschaut?" Der Arzt notierte etwas auf seinem Klemmbrett und schaute weiter dem Künstler ins Gesicht. Er wollte mehr hören.

„Mein Vater hat vor meinen Augen meinen Hund im Brunnen ertränkt. Danach schlug er meine Mutter und sperrte mich tagelang auf dem Dachboden, kam einmal am Tag vorbei und brachte mir Disziplin und Respekt bei. Es war die Hölle." Der Arzt nickte anerkennend. „Wie lange hat es gedauert, bis die Schikanen aufhörten?" Andreas dachte nach und schwieg eine Weile. „Etwa sechs Jahre, es herrschte zwischendurch auch Ruhe, dann kamen nach ein paar Monaten die Willkür meines Vaters in Schüben wieder.

Er machte es ab und zu, auch mit meiner Mutter. Sie war schwach und feige. Hat sich nicht gewehrt, nur heulend es über sich ergehen lassen." Der Arzt notierte. „Wenn Sie ihre Eltern als Tiere sehen würden, wie würden Sie sie charakterisieren?"

Ein paar Minuten der Stille, Andreas überlegte. „Mein Vater.." stammelte er und sammelte sichtlich Kraft und Fassung. „Mein Vater würde ich als Schlange sehen, giftig und unberechenbar. Lauert hinter der Ecke und schlägt aus dem Hinterhalt zu. Manchmal ignoriert er einen auch. Man weiß nie, wo man bei ihm dran ist. Ich würde ihn aber auch als Illtis bezeichnen. Faul und stinkt." Der Arzt lächelte und zeigte erstmals eine Reaktion, die man als menschlich bezeichnen könnte. „Haben Sie noch Kontakt zu Ihrem Vater? Wie verstehen Sie sich mittlerweile mit Ihrem Vater?" Andreas lachte kurz auf, beruhigte sich aber direkt wieder.

„Ich habe meinen Vater nicht mehr gesehen, als ich fünf war. Dafür gibt es auch Beweise." Der Arzt reagierte gar nicht, sondern notierte nur. Andreas wusste nicht, ob der Arzt merkte, dass er nur veräppelt wurde und Andreas keine ernsten Aussagen machte oder ob es ihn überhaupt interessierte. Jedenfalls redete irgendwer mit ihm. Er versuchte, die Konversation am Laufen zu halten.

Sie war ihm lieber als die quälenden Stunden in der Einsamkeit. „Und ihre Mutter?" Andreas hustete und bat um ein Glas Wasser oder etwas zu trinken.

Der Arzt reagierte darauf und ließ eine Schwester erscheinen, die ihm ein Plastikgefäß mit Wasser reichte. Gierig sog er an der Flasche und bemühte sich, die Flasche in einem Zug leer zu bekommen. „Ich bin bei Verwandten aufgewachsen. Die haben mich behandelt wie ihre eigenen Kinder. Ich hatte eine gute und glückliche Kindheit und Jugend. Meine Mutter hab ich wiedergesehen, als ich achtzehn Jahre alt wurde. Mein Onkel Gunther nahm mich oft mit auf den Bauernhof." Der Arzt stockte, hörte plötzlich auf, zu schreiben.

„Onkel Gunther war sehr lieb zu mir, er brachte mir wichtige Dinge bei. Dinge, die Sie nicht verstehen würden. Deswegen ist es auch zwecklos, mich darüber zu fragen. Sie hören entweder gar nichts oder Dinge, die nicht den Tatsachen entsprechen. Sie verschwenden meine Zeit, also verschwende ich auch Ihre. Sonst noch was?"

Andreas wirkte gereizt und der Arzt war sichtlich nervös. Die Erwähnung seines Onkels schien dem Arzt etwas die Fassung zu kosten. Dann stand der Arzt auf und verließ den Raum. Kurz bevor sich die Tür schloss, drehte sich der Arzt noch einmal zu Andreas um.

„Dann werden Sie schnellstmöglich verlegt. Sie haben noch Gelegenheit, Ihren Onkel zu treffen. Das verspreche ich."

Danach schlug die Tür zu und Andreas war wieder alleine in der Gummizelle. Er war sich sicher, dass die nächsten Stunden Nerven verzehrend werden würden, aber langsam gewöhnte er sich an die Verzweiflung und stundenlange Warterei auf Lügen und Gar-Nichts.

„Ich will einfach nur nach Hause. Lasst mich doch einfach in Ruhe." Angela stand plötzlich an seinem Bett. „Ich dachte, Du hättest einen Neuen." Sie lächelte nicht und starrte ihn nur an durch ihre milchigen Augen. „Ich wurde verhindert. Es tut mir leid." Angela sprach doch mit ihm und ließ sich noch blicken. Das erfreute ihn. „Was geht hier vor? Was ist los?" Angela reagierte nicht auf die Fragen, sondern wanderte in dem Raum auf und ab. „Komme ich hier endlich bald mal weg oder soll ich hier geopfert werden?"

Angela blieb abrupt stehen. „Du sollst geopfert werden, aber nicht hier. Gedulde dich noch etwas zwei Tage, dann bist Du erlöst."

Andreas fröstelte es. Er würde in diesem Wahnsinn umkommen und das Letzte, was er mitbekommen würde in den letzten Stunden seines Lebens waren Knast, Psychiatrie, sein Onkel und eine kranke Sekten-Perversion.

„Was hat mein Onkel mit dem hier und was hab ich mit alldem zu tun?" Angela wanderte unruhig auf und ab, aber antwortete nicht auf die Fragen. Dann ging ein weiteres Mal die Tür auf und vier Pfleger erschienen, ohne besondere Notiz von Andreas zu nehmen. Sie lösten die Bremsen und schoben seine Anschnallcouch auf den Flur.

Dann wurde sein Bett zu dem anderen Ende des Flures geschoben und in ein anderes Zimmer verlegt. In dem Zimmer erschien in der Mitte des Raumes ein Bett-Käfig wie aus seinem Alptraum. Nur der Käfig war sauber und leer.

Einer der Pfleger fuchtelte mit einer Spritze herum und stach sie Andreas in den linken Oberarm. Während es immer dunkler und schummriger um seine Wahrnehmung wurde, spürte er noch, wie die anderen Pfleger anfingen, seine Gurte zu lösen. Andreas konnte sich nicht rühren und er schlief schnell ein, bekam nicht mehr mit, was sie anschließend mit ihm taten.

9.

Er saß in dem Käfig, seine Hände rüttelten am Gitter. Die Stangen waren sehr stabil. Der Raum war größer und er merkte, dass er wiedermal verlegt war. Der Raum war abgedunkelt. „Du wirst sehr bald kein Licht mehr vertragen. Auch wird sich deine Verdauung umstellen. Gewöhne dich daran." Erschrocken drehte er sich um und sah, dass er nicht alleine in dem Raum war. Ein kleiner, untersetzter Arzt mit Halbglatze saß in einem Ledersessel und beobachtete Andreas. „Aus Sicherheitsgründen dürfen wir Sie nicht mehr aus Ihrem Käfig lassen. Sie sind nicht mehr Gesellschaftsfähig. Wir müssen Sie hier füttern und pflegen."

Andreas schlug gegen die Gitterstäbe. „Bin ich etwas ein Affe im Zoo? Was sind das hier für Sitten?

Wo ist mein Anwalt?" Der Arzt lächelte. „Sie denken noch menschlich, aber das vergeht bald. Sie sind nicht mehr länger menschlich, sondern werden einer von ihnen. Wir werden Sie in zwei Tagen in die Zitadelle verlegen und Ihnen Ihre wahre Bestimmung zeigen. Ihr Onkel hat es so angeordnet. Er möchte seine Brut sammeln und benötigt Erbgut. Nehmen Sie bitte Ihre wahre Gestalt an und fühlen sich neu geboren in Ihrem neuen Reich, der Zitadelle."

Der Arzt freute sich offensichtlich über diesen Schwachsinn und Andreas fragte sich, wer der Wahnsinnige von den beiden war. „Was ist die Zitadelle?" Andreas blieb gelassen und ruhig, spürte aber ein Jucken an seinem linken Oberarm. Die Stelle, wo ihn die Spritze gestochen hatte, hatte sich entzündet und zeigte sich als kleine, dunkelrote Beule. Andreas kratzte sich an der Stelle, die schnell anfing, zu bluten.

„Das Serum wirkt bereits." Der Arzt sprang auf und klatschte vor Begeisterung. „Ich habe Hunger, bringen Sie mir bitte etwas zu essen. Sie wollten mich doch füttern, oder?" Andreas bemühte sich, provokativ und sarkastisch zu klingen. Der Arzt drückte ein Knopf an seinem Pieper. „Sie bekommen das Beste, was wir zu bieten haben und das ist ein Versprechen."

Der Arzt tanzte und hüpfte durch den Raum. Die Tür öffnete sich und zwei Schwestern kamen herein, in ihrer Mitte hielten sie eine weitere Schwester fest. „Bitte ziehen Sie sich aus und legen sich in den Käfig." Die Stimme des Arztes wirkte plötzlich nicht mehr freundlich, nicht einmal mehr menschlich. Kehlig und metallisch befahl die Stimme des Arztes der dritten Schwester in der Mitte. Dann drehte sich der Arzt lächelnd zu dem Käfig um.

„Bitte, während der Fütterung müssen SIE die Riemen um Ihre Handgelenke tragen, damit wir den Käfig öffnen dürfen und Ihnen Ihr Mahl servieren dürfen." Die Schwester legte ihren Kittel ab, ihre Augen waren verdreht und vor ihrem Mund hatte sie weißen Schaum. „Durch Drogen zu einer willenlosen Sklavin gemacht. Sehr einfallsreich." Andreas lobte die Kreativität des Arztes, aber fand die beiden dicken Lederriemen an einer Seite des Käfigs.

„Bitte, während des Fütterns müssen Sie fixiert werden." Andreas legte sich die Riemen um seine Handgelenke. Der Arzt kam näher und zurrte sie fest. Andreas konnte sich nicht mehr rühren. Eine der beiden angezogenen Helfer-Schwestern öffnete das Tor zu dem Bettkäfig und Andreas versuchte, sich gegen die Riemen zu wehren, während die nackte Schwester willenlos in den Käfig kletterte. Die beiden Schwestern verschlossen die Tür wieder und sahen sehr erschrocken aus. „Eine der beiden wird ihr nächstes Mahl. Welche von denen ist noch unklar." Lachend klatschte der Arzt in seine Hände und die beiden Schwestern beeilten sich, das Zimmer zu verlassen. Der Arzt kam an den Käfig zurück und löste die Gurte um Andreas Handgelenke. Der Comic-Zeichner schaute sich die Schwester an, empfand aber keinen Hunger auf sie, nur sexuelle Erregung. „Zum fressen doch viel zu schade."

Der Arzt schüttelte mitleidig den Kopf. „Der Hunger kommt noch. Keine Bange, wir lassen euch beiden nun alleine. Der letzte Patient hat etwas sechs Stunden gebraucht, danach hat er verstanden. Jeder Neu-Verwandlung nur zwei Schwestern." Lachend verließ der Arzt das Zimmer und Andreas hörte im Türschloß, wie die Tür regelrecht verriegelt wurde. Fasziniert und angeekelt zugleich beobachtete er die bedröhnte Schwester, die benommen vor ihm auf der harten Matratze lag. „Was ist die Zitadelle? Wer bist Du? Was ist hier los?" Die Schwester antwortete nicht. „Ich weiß, mit mir redet niemand vernünftig, aber gib dir Mühe, vielleicht kommen wir beide unbeschadet hier raus." Die Schwester reagierte nicht und lag betäubt auf dem Boden. Andreas küsste schüchtern ihre linke Schulter, wanderte mit seinen Küssen tiefer. Er hatte lange keine Freundin mehr gehabt und die Sehnsucht nach Nähe überkam ihn. Etwas tief in seinem Inneren hielten ihn aber ab. Irgendetwas war stark und blockierte ihn.

Er stockte und lies von der Schwester ab. „Nein, so etwas kann ich nicht. Aber was ist das hier für ein perverser Kult, in dem ich gelandet bin? Angela? Was soll ich tun?" Das tote Mädchen tauchte nicht auf. Er suchte seine Umgebung ab, aber es war kein Rufknopf in seiner Nähe. Das Jucken an seinem Arm wurde intensiver, er spürte es wachsen.

Die Stelle, die Beule war größer geworden und erschreckten ihn zutiefst. Dann sah er eine zweite Beule dicht unter seiner untersten Rippe.

Er fühlte an seinem Rücken und fand zwei weitere Beulen, die sich aber noch nicht bemerkbar gemacht hatten. „Was für ein Serum wurde mir gespritzt? Was passiert mit mir? Bin ich so etwas wie ein unfreiwilliges Opfer für fragwürdige Experimente in der Gen-Forschung oder wird aus mir ein Zombie oder sogar ein Werwolf? Vielleicht macht mich der Arzt auch gerade zu einem Superhelden?"

Andreas überlegte, was für einen Namen er tragen sollte und wie sein Kostüm aussehen sollte. „Ich werde ein Monster aus fragwürdigen Experimenten und erschrecke die Belegschaft, indem ich zu der guten Seite wechsle."

Andreas versuchte, sich Mut zu machen. Er hatte keinen blassen Schimmer, was mit ihm geschah, aber dass etwas geschah und der Arzt kein netter Mensch war, war ihm vollkommen klar. Jede Sekte brauchte seine willigen Opfer und Andreas verfluchte sich dafür, dass er aussah wie ein typisches Opfer.

Dann bekam er Hunger. Sein Magen knurrte.

Er schaute die Schwester an und wendete sich angeekelt ab. „Ich will dich nicht fressen, aber ich brauche deine Hilfe." Die Schwester reagierte nicht und Andreas schlug mit der flachen Hand in ihr Gesicht. „Aufwachen, Prinzessin, wir sollten langsam mal gehen." Die Schwester reagierte nicht darauf, sondern stöhnte etwas leise vor sich hin. Tief in seinem Inneren erwachte ein Gefühl, wie Andreas es nie zuvor erlebt hatte. Es erregte ihn, die Schwester doch an knabbern zu wollen. Er bekam Lust, die Schwester doch fressen zu wollen.

Der Gedanke erschreckte ihn, aber andererseits faszinierte ihn dieser Gedanke doch. Ein Monster zu werden, das sich vom Fleisch der Lebenden nährte. Wie ein Zombie oder einfach nur wie eine Bestie.

„Ich werde wohl zu so etwas wie ein tragischer Anti-Held. Böse gegen noch böser. Der Held ist der Einzige, der glaubt, einer der Guten zu sein. Alle anderen wissen nur eins. Der Held ist geisteskrank. So wird es wohl eher aussehen." Die Schwester reagierte nicht und Andreas bekam ein Gefühl der Ablehnung gegenüber der Frau.

„Warum sollte ich dich verschmähen, dummes Püppchen? Nur ein Schaf. Mehr nicht. Schafe werden gefressen." Andreas spürte, wie er mit seiner Beherrschung rang.

Er wollte der Schwester nicht mehr helfen, sondern bekam verstärkte Lust, sie zu seinem Opfer zu machen. „Frauen hassen mich sowieso.

Ein bisschen Rache würde vielleicht sogar gut tun. Mein lädiertes Ego befriedigen. Ich will dich doch verspeisen. Langsam und genüsslich." Bei den Worten fing sein Magen an, zu knurren. Der Speichelfluss wurde stärker und er bekam Hunger auf das wehrlose Opfer. Andreas überwand seine Scheu und biss ihr in die Schulter, seine Zähne gruben sich tief in ihr Fleisch und er schmeckte das rinnende Blut, das ihm über sein Kiefer ronn.

Die Schwester stöhnte schwach, konnte sich kaum regen, aber sie spürte den Schmerz. Andreas riss einen dicken Klumpen des Fleisches aus ihrer Schulter und schlang es runter wie ein Tier. Er biss noch einmal zu und fing an, sie zu fressen. Wie eine gefräßige Bestie stürzte er sich auf die wehrlose Schwester und fraß bis er satt war. Er roch ihr frisches Blut und ihre Angst. Das genoß er und wurde wilder.

Die Tür ging auf und der Arzt tauchte in dem Zimmer auf. „Großartig! Du wirst wie deine Geschwister! Das erste Opfer hast Du bereits vollbracht. Ein wichtiger Teil für deine Veränderung." Andreas funkelte den Arzt böse an. „Ich bin nur ein Opfer fragwürdiger Experimente, das Sie zu verantworten haben." Der Arzt lachte breit.

„Ja. Das stimmt. Aber in ein paar Stunden wird es dir nichts mehr ausmachen. Dann bist Du mein Sklave. Du wirst jetzt an einem anderen Ort verlegt, dort wirst Du gebraucht. Merke dir meinen Namen, Kind der Schatten. Ich bin Dr. Progenitor. Wir werden uns wiedersehen, aber lerne erst einmal deine Umgebung und deine Existenzform kennen. Du wirst ein Weilchen Zeit brauchen, bis Du vollendet bist und selber auf die Jagd gehen wirst, um mehr Menschenfleisch fressen zu dürfen. Den ersten und wichtigsten Schritt hast Du endlich getan. Ohne dieses bereitwillige Opfer wäre die Verwandlung nur zum Teil abgeschlossen worden. Du wirst noch merken, wie wichtig es ist, unbedingt noch ein weiteres Opfer zu verspeisen. Du wirst heute noch deinen zweiten Menschen verspeisen. Gebe ich dir mit auf den Weg." Der Arzt lachte und drehte sich um. Die Tür öffnete sich und drei weitere Schwestern standen in der Tür. Dr. Progenitor gab zweien von ihnen Anweisungen. Die dritte war wohl sein Geschenk. „Ich will nicht." Die Schwester, die jüngste der drei, begann zu heulen. Dr. Progenitor schlug mit der flachen Hand in ihr Gesicht. „Du wurdest ausgewählt. Vergiss nicht die Sitten und Rituale unserer schwarzen Sekte. Jede Woche werden zehn Rekruten geopfert. Die Starken dürfen der Sekte dienen. So ist es hier nun einmal Brauch. Füge dich dem, das war der Preis." Die Schwester wehrte sich und wurde mit einem harten Schlag auf ihrem Hinterkopf betäubt. Sie sackte zusammen wie ein nasser Sack und Dr. Progenitor rollte verächtlich mit den Augen und drehte sich zu der linken Schwester um.

„Graf Gunther möchte dich heute Abend in seinen Gemächern empfangen. Sein letztes Spielzeug ist gestern Abend verstorben. Und Du, Du steigst einen weiteren Rang auf." Die eine Schwester strahlte, die andere schluckte. „Pech für dich, Du bist wohl die nächste." Die Schwester lachte höhnisch und beide näherten sich dem Käfig.

Andreas lehnte seinen Kopf bereitwillig gegen die Eisenstangen, um die schweren Lederriemen zu empfangen. Dann öffneten sie die Tür und die weinende Schwester wurde in den Käfig gestoßen. Danach wurde die Tür verriegelt und aus dem Zimmer geschoben. „Er wird in die tote Zitadelle verlegt. Beeilt euch."

Dann wand sich Dr. Progenitor um und ging. Die beiden Schwestern schoben den fahrbaren Käfig durch eine schwere Doppeltür direkt zu einem breiten Aufzug. Die schwere und schwarze Tür glitt auf und die Schwestern rollten den Käfig in den Aufzug, drückten einen Knopf, damit der Aufzug ganz nach unten fahren konnte. Eine der beiden Schwestern löste die Lederfixierung und Andreas rieb sich den Hals, wo das Leder scheuerte. Er lächelte die junge Schwester in seinem Käfig an. Sie erwiderte kurz ihren Blick und wand sich direkt angewidert und heulend ab.

„Schrei, soviel wie Du möchtest. Ich werde dich nicht begnadigen, sondern fressen. Allerdings, bevor ich dich töte, möchte ich mich noch ein wenig mit dir unterhalten und dich etwas quälen. Verstehst Du?" Andreas empfing dabei eine wilde und perverse Freude. Die Schwester nickte schüchtern. „Was ist das eigentlich, die tote Zitadelle?"

Die Schwester antwortete nicht und vergrub ihr weinendes Gesicht in ihre Hände. „Das wird dir nichts nutzen. Was machst Du, wenn ich dir erst einmal eine deiner beiden Hände abfresse und dich noch eine Weile zucken lasse?" Die Schwester war schockiert und ihr Schluchzen wurde lauter und panischer. Andreas grinste breit und dreckig.

Er hätte nie gedacht, dass es ihn so ein Vergnügen bereiten könnte, die abartige Bestie sein zu dürfen, die mit seinem Opfer spielen durfte.

„Erzähle mir, was ich wissen möchte. Bitte." Andreas versuchte, auf sie ruhig ein zu wirken. Die Schwester zuckte und versuchte, sich zu beruhigen. „Ich weiß es nicht! Ich hab nur davon gehört." Sie schluchzte weiter.

„Was hast Du denn davon gehört? Und höre auf, zu weinen. Gefressen wirst Du sowieso, egal, wie Du dich anstellst. Ich mag das Geheule nur nicht. Es kann dein Leben um wertvolle Minuten verlängern, verstehst Du?" Zitternd schaute sie ihn an.

„Die tote Zitadelle ist ein Ort, an dem der Meister lebt und seine Kreaturen um ihn sammelt. So etwas wie sein Jagd-Revier. Dr. Progenitor erzählt davon. Er war schon öfters dort. Mehr weiß ich nicht. Ein schrecklicher und böser Ort tief unter der Erde."

Andreas überlegte. „So etwas wie die Hölle?" Die Schwester schaute ihn an und versuchte, sich etwas zu beruhigen.

„Ja, so kann man es sagen. Die Hölle, die selbst die perversesten Phantastereien Größenwahnsinniger übersteigt. So habe ich es gehört." Andreas grinste breit. „Ein angenehmer und schöner Ort für Dämonen und Monster wie mir, nehme ich an. Wer ist dieser Doktor eigentlich? Progenitor, was soll das heißen?"

Andreas nahm eine der Hände der Schwester, die schreien versuchte, sich von ihm zu befreien.

„Ich sagte doch, dass ich dich fressen werde. Wollte nur etwas an dir schon einmal herum knabbern und wissen, wie Du eigentlich schmeckst."

Die Schwester schrie hysterisch und vor Angst. Andreas schlug hart zu und sie gab schluchzend nach. Er biss ihr in den Unterarm und saugte am warmen Blut, riss ihr ein Stück des Fleisches aus dem Arm. „Du bist ja richtig lecker! Nun noch meine Fragen beantworten." Die Schwester verdrehte die Augen und versank in eine Art Schockstarre, ihre Augen traten entsetzt hervor und sie konnte nur stammeln, bekam aber keinen sinnvollen Satz hervor.

Andreas bedauerte seinen Fehler. „Gut, ich hätte erst die Antwort abwarten sollen, dann hätte ich dich immer noch essen können. War dumm von mir."

Der Aufzug hielt an und die Tür öffnete sich. Es roch etwas faulig und die Luft war kühl. Eine groß gewachsene und kräftige Gestalt, ganz in schwarz gekleidet, betrat die Kabine.

Eine Clownsmaske über eine schwarze Ski-Maske gezogen, nahm er wortlos das Käfig-Gestell und schob es in den dunklen und kühlen Raum.

Der Aufzug schloss sich direkt wieder und es war stockdunkel. Andreas vernahm das geschockte Wimmern seines Mahls und die schlurfenden Schritte einer weiteren Gestalt. Der schwarze Clown blieb an dem Käfig stehen und rührte sich nicht, gab keinen Laut von sich. „Bist Du ein Roboter? Kannst Du sprechen?"

Der Clown reagierte nicht, zumindest konnte Andreas nichts hören, aber er merkte, dass er in völliger Dunkelheit besser sehen konnte als sonst in seinem Leben. Schemenhaft näherten sich zwei Schatten dem Käfig. „Und was geht nun ab? Was passiert nun? Bin ich in der toten Zitadelle?"

Niemand schien sich für Andreas Fragen zu interessieren, keiner reagierte drauf. Die Schwester wimmerte weiter vor sich hin und Andreas roch ihr Blut, bekam weiter Hunger. Er rutschte etwas hervor und seine Zunge streichelte ihr Ohr.

„Ich will wissen, wie das schmeckt." Schnell schnappte er zu und ein lauter, gellender Schrei entfuhr der Schwester. Ihr Ohr schmeckte ihn vorzüglich. Dann nahm er ihren Arm und sie versuchte sich, dagegen zu wehren, reflexartig schlug sie zu, aber Andreas lachte nur und biss zu. Die Schwester schrie vor Schmerz und aus Angst.

Andreas machte es mehr Lust und Hunger. Er war ins einem neuen Revier und genoss seine neue Lebensart. Die Gestalten erreichten den Käfig und Andreas hielt der Schwester den Mund zu, damit er durch ihr Geschrei auch erfahren konnte, wie es nun weiter ging und was mit ihm geschah. Die beiden Gestalten griffen mit kräftigen Armen nach dem Käfig und schoben ihn durch die dunkle, kalte Halle. Der Clown ging langsam hinter dem fahrbaren Käfig hinterher. Andreas beeilte sich nun, sein Mahl schnell zu beenden und fraß die Schwester in wenigen Minuten auf. So einen Hunger hatte er nie erlebt und war über sich selbst entsetzt.

Der Clown lache laut und schrill. „Du bist einer von uns. Graf Gunther wird höchst erfreut sein. Und Dr. Progenitor hat sich, wie immer, nicht übernommen." Andreas wandte sich dem schwarzen Clown zu, wischte sich mit dem Handrücken über sein blutbesudeltes Maul. Er spürte, dass sein Maul breiter geworden war. Auch an anderen Stellen seines Körpers fühlte er die Veränderungen. Viele Knoten und dicke Warzen bedeckten seine inzwischen ledrige Haut.

„Der Clown kann also sprechen? Doch kein Roboter? Was ist die tote Zitadelle?" Der Clown lachte schrill, aber ging nicht weiter auf Andreas Fragen ein. Der Käfig blieb stehen und eine Tür aus schwarzem Eisen öffnete sich. Dann wurde der Käfig geöffnet. „Du hast dein zweites Opfer hinter dich gebracht. Du bist nun ein Monster. Wenn Du das Labyrinth der toten Stadt überlebst, kannst Du als würdige Bestie die Zitadelle erreichen und vorstellig werden bei deinem neuen Herren, Graf Gunther. Noch Fragen?" Andreas sprang aus dem Käfig und spürte, dass auch seine Muskeln geschwollen und um einiges gewachsen waren.

Er sprang schneller und weiter als vorher. Seine mittlerweile kräftigen Arme endeten in krallenbewehrten Klauen. Er schlug mit aller Wucht gegen die schwere Eisentür und schaffte es, eine dicke Delle rein zu wuchten. Kein Schmerz, auch seine Knochen wurden kräftiger und stabiler. Dann schlug die Tür zu und er war getrennt von dem Raum, indem der Clown immer noch schrill lachte und den anderen beiden Gestalten.

Andreas drehte sich um und verlor das Interesse an dem Clown und allem anderen, das nun hinter ihm lag. Aber eine weitere Schwester hätte er gerne noch gehabt.

Er spürte, dass er ein weiteres Mal Hunger bekam, als er an die Schwester dachte.

Seine feinen Sinne durchsuchten den Raum, aber es war alles ruhig. Eine Algen überzogene Treppe zeigte einige Stufen nach unten in Richtung eines grob behauenen Gewölbes. Es roch muffig und faulig. Alter Keller einer Ruine. Moos, Schimmel, Algen und faulendes Holz waren hier zuhauf zu finden. Andreas stieg vorsichtig und leise die Treppen herunter.

Auch seine Füße waren mittlerweile krallenbewehrte Tatzen. Seine Gliedmaßen kräftig, aber dennoch lang und dünn. Hellgrüne Haut und dunkel grüne Warzen zierten seinen Körper und seine Gliedmaßen, wie er es wahr nehmen konnte.

Er sprang die Hälfte der Treppe runter und spürte, wie durchtrainiert seine kräftigen Beine waren, obwohl er noch nie in seinem Leben wirklich Sport getrieben hatte. Er war ein Jäger. Ein wiedergeborener und gefährlicher Jäger. So glaubte Andreas und genoss die Vorstellung, das böse und gefährliche Monster sein zu dürfen, aber er wusste nicht, welchen schrecklichen Preis er dafür zahlen würde und das hieß nicht einmal den Verlust seiner Seele.

Der Preis war bosartiger und hinterhältiger, das hatte er bereits vermutet. Aber das Ausmaß konnte er sich nicht wirklich vorstellen.

„Wenn ich das Labyrinth der toten Stadt überleben würde und mich als würdig erweisen würde." Er wiederholte seinen letzten Dialog und seine krächzige und tiefe Stimme schallte im Gewölbe nach. Irgendetwas regte sich und gab einen kurzen Laut von sich.

Andreas war angespannt. Er schlich sich durch das dunkle und faulige Gewölbe, schritt vorsichtig auf die Quelle des Geräusches zu und sehr darum bemüht, selber so still wie nur möglich zu sein. Er war geräuschlos und kam zu der Quelle, wo ein Wesen saß, dass Ähnlichkeiten zu ihm hatte, aber auch wie die Froschstatue aussah, die er kurzzeitig besessen hatte.

Das Frosch-Monster knurrte und griff ohne Vorwarnung an. Sein Hieb kam schnell und überraschend. Andreas versuchte, seinen Arm hoch zu reißen und den Hieb ab zu wehren, reagierte aber durch die Schreckenssekunde ein Tacken zu langsam und das Monster erwischte ihn an der linken Schläfe. Dickes Blut sickerte aus seiner Wunde und Andreas schlug wütend zurück. Schlug mehrmals nach dem Froschmonster und versuchte, den Gegner mit einer Serie schneller und gezielter Angriffe in die Defensive zu treiben.

Das Monster war weder intelligent, noch sehr stark und auch nicht sehr widerstandsfähig. Andreas konnte ihn schnell bearbeiten und sich des Problems auch schnell entledigen.

Nach einem Dutzend heftiger und harter Treffer sackte das Monster zusammen und Andreas konnte ihm mit seinen scharfen Krallen die Kehle aufschlitzen. Dickes und dunkelgrünes Blut sickerte über den Boden,d er übersät war mit Schimmel und Moos. Dann richtete er seine Sinne wieder auf sein Umfeld und versuchte, weitere Gefahrenquellen aus zu machen, fand aber keine weiteren. Er schaute sich in dem Raum weiter um und war vorsichtig, um Überraschungen zu vermeiden, falls ihm ein Hinterhalt gelegt wurde.

Ein Gang führte weiter und nach einigen Metern erreichte er eine Treppe, die zur Hälfte eingestürzt war, aber der Gang führte weiter, wenn er auch schmaler wurde. Die Luft von unten wurde sogar noch kälter und etwas wie Eis und Rauhreif waren als dünne Krusten an dem Moos an den Wänden und der intakten Stufen zu erkennen. Kälte schien ihm in seiner Form als Bestie aber etwas aus zu machen. So wie er fühlte, kam er auf die Idee, so etwas wie eine Empfindlichkeit gegenüber Kälte zu haben. Eine Schwäche als Monster. „Jedes Monster braucht seine wunden Punkte. Ich kenne keinen Comic, wo es nicht der Fall war." Andreas war verwundert, dass er weitestgehend seine Erinnerungen und so etwas wie Reste seines Verstandes bewahren konnte. Er entschied sich, die Treppe zu ignorieren und dem schmalen Gang zu folgen. Nach mehreren Hundert Metern bog der Gang um eine Ecke. Kurz hinter der Ecke endete der Gang und Andreas stand vor drei Türen. Er nahm die linke Tür und lauschte. Totenstille.

Die Rechte machte schon mehr Hoffnung, denn er hörte ein monotones Klacken aus dem Raum. Die Türen hatten keine Klinken und er versuchte, sie einfach auf zu drücken. Die Tür regte sich und war schwerer, als sie den Anschein gemacht hatte. Der Raum war klein und es stank fürchterlich. Eine Bank aus fauligem Holz und rostigem Eisen stand in der Mitte des Raumes. Auf der Bank stand ein rostiger und verschmutzter Eiseneimer. Etwas von der Decke tropfte in den Eimer. Andreas wurde neugierig und betrat den Raum, kam der Werk- oder Schlachtbank näher und blickte in den Eimer. Ihm verkrampfte sich der Magen, als er den bestialischen Gestank wahrnahm, der sich unterschwellig in seinem Reptiliengehirn als beißendes Stechen manifestierte und seine Schleimhäute verätzte. Brüllend sprang er zurück, sein Magen rebellierte, aber er konnte sich nicht übergeben, nicht einmal wirklich würgen. In seinen Eingeweiden verspürte er das plötzliche Verlangen nach frischem, blutigen Menschenfleisch. Der Geschmack der geopferten Schwester kehrte in seine Erinnerung zurück und machte ihn geil. Eine Wut und ein urtümlicher Jagdinstinkt machte sich in ihm breit. Sein Instinkt lähmte seinen Verstand. Er wollte jagen und töten. Blut schmecken, das sein Kinn herunter laufen konnte und ihn hätte noch wilder machen können. Mit aller Wucht schlug er gegen die Wand. Der Schimmel an der Wand hat dafür gesorgt, dass die Wand marode und brüchig war. Zersetzende Steine platzten aus der Wand heraus und Andreas schlug ein weiteres Mal gegen die Wand.

Die Wucht ließ ein größeres Stück aus der Wand brechen und Andreas konnte seine Wut und seine Lust nicht mehr beherrschen. Er schlug gegen den Eimer, der laut scheppernd gegen die dahinter liegende Wand schlug und in einer dicken Fontäne spritzte der Inhalt gegen die Wand. Zähflüssig rann der ätzende Schleim von der Wand und fing unmittelbar an, die Wand zu zersetzen. Giftiger Dampf entstand und die Bestie, die einmal Andreas war, sprang mit einem Hechtsprung aus dem Raum, rollte sich auf seiner Schulter ab und kam reflexartig wieder auf die Beine. Er spürte, dass sich seine Schnelligkeit und Koordination ebenfalls verbessert hatten. Knurrend und brüllend stand er wieder in dem Gang, schrie plötzlich laut und wütend auf, schlug gegen die Wand und brüllte ein weiteres Mal. Dann wartete er ab und verhielt sich still.

Der Jäger wollte auf sich aufmerksam machen. Er wollte Wesen in seiner Nähe provozieren, damit er seine Lust zum Töten an einem willigen Opfer auslassen konnte.

Stille folgte. Nichts reagierte.

Dann hörte er, wie die Wand in dem Raum einbrach. Andreas drehte sich mit seinen gesteigerten Sinnen in alle Richtungen um, aber konnte keine Gefahr ausmachen. Keine andere Bestie folgte seiner Herausforderung. Er hielt die Luft an und schlich zurück in den Raum, gab sich Mühe, kein Geräusch von sich zu geben.

Der ätzende Nebel hing schwer in der stickigen und muffigen, abgestandenen Luft in dem Raum. Hinter der eingebrochenen Wand nahm er eine weitere Wand wahr. Die Wand hinter der eingestürzten Wand glich einem riesigen Spiegel, oder poliertes Silber. Der ätzende Rauch brannte dem Monster im Gesicht und zwang ihn, sich aus dem Raum wieder zurück zu ziehen. Knurrend und verärgert sprang Andreas, das Monster, wieder zurück auf den Gang. Er konnte den Raum nicht betreten. War in einer Art Zwickmühle und bemerkte seinen Fehler.

„Du läufst aus dem Ruder."

Andreas drehte sich um und sah erschrocken in das Gesicht von Angela, die an der Ecke stand und betrübt wirkte. „Sei froh, dass keines der anderen dich vernommen hat, sonst wärst Du längst tot." Andreas knurrte, wollte am liebsten auch Angela vernichten, aber als Geist hatte sie dabei einen Vorteil, der sich dabei bewahrte, von einer unberechenbaren und tollwütigen Bestie wie Andreas in Stücke gerissen zu werden. Andreas rannte auf Angela zu und schlug mit aller Wucht nach ihr, sein dünner, aber kräftiger Arm schlug gegen die Wand und der Stein bröckelte. Er konnte der ruhelosen Seele nichts anhaben. „Du hast verloren und Du stirbst. Du kannst mich nicht mehr erlösen." Traurig schüttelte sie ihren Kopf. „Du hast mich alleine gelassen." Andreas war blind vor Hass. Er schlug ein weiteres Mal zu. „Verschwinde einfach. Ich will dich nicht mehr." Andreas spürte, dass jede Attacke von ihm gegen den Geist nutzlos war, aber seine Wut kontrollierte ihn und ließ ihn ein weiteres Mal gegen Angela vorgehen.

„Du kannst mir nichts und ich werde erst gehen, wenn ich es will. Aber Du hast Recht. Ich werde gehen. Du bist schwach und hast verloren. Schwache werden unter gehen. Sie haben keinen Platz in dieser Welt. Du gehst meinen Weg. Ich bin verloren. Ich finde keine Ruhe und keine Erlösung. Aber die wirst Du auch nicht mehr finden. Du steigst tiefer hinab in die Schatten und am Ende wird es nur eine Bestie geben, die dich besiegen wird."

Schaum trat aus Andreas breitem Raubtiermaul heraus. „Du wirst den Wächter nicht mehr überwinden können und in dem Labyrinth gefangen bleiben. Die tote Zitadelle hat eine weitere

Seele gefressen. Deine." Angela löste sich auf und es herrschte wieder Stille. Andreas hielt inne, ließ in seinem Bewusstsein die Worte widerhallen, die Angela sprach. Er hatte kaum Erinnerungen daran, verstand nicht, was sie ihm sagte. Er wollte einfach nur töten und jagen, das war sein sehnlichster Wunsch. Er schlug gegen die Tür auf der anderen Seite und sprengte sie mit einem kräftigen Schlag auf. Eine kleine Kammer befand sich hinter der Tür, die nur Verfall beinhaltete. Die kleine Kammer roch faulig, war für ihn ansonsten uninteressant. Kein williges Opfer, das sich im Raum versteckte.

Dann schlug er gegen die letzte verbliebene Tür. Die Tür hielt. Er schlug ein weiteres Mal zu, kräftiger und wilder. Die Tür hielt auch dem folgenden Schlag stand. Andreas ging zurück bis zur Ecke und rannte los, gab auf der kurzen Strecke seine ganze Kraft in den Sprint und sprang gegen die Tür und schlug mit seiner Schulter hart gegen das Holz.

Er taumelte benommen zurück und spürte den Schmerz in seiner Schulter, aber die Tür hielt stand. Andreas verdrehte die Augen und ergötzte sich an den Schmerzen. Er hatte das Verlangen, schlimmeren und intensiveren Schmerz fühlen zu wollen. Ein Fetzen Erinnerung trat in sein Bewusstsein, das ihn erinnerte, wie er als Mensch Türen öffnete und griff gierig nach der Klinke, riss wild daran und drückte sie herunter, schlug mehrmals wild drauf ein, aber die Tür blieb verschlossen. Er klopfte an die Tür. Nichts geschah. Er fuhr mit seinen Krallen über das Holz. Die Tür nahm keine Kratzer und das frustrierte das Monster, das spürte, wie es seinen Verstand verlor. Andreas gab es nicht mehr, nur noch vage Fetzen früherer Erinnerungen, die das Monster den Eindruck vermittelten, eine vergessene Zeit als Mensch zugebracht zu haben.

„Angela, ich brauche deine Hilfe." Dann knurrte er und spürte, wie seine Instinkte die Kontrolle über ihn übernahmen. Fetzen von Bewusstsein kehrten in ihn zurück, gaben ihm für den Augenblick die Fähigkeit, als Mensch zu denken. „Ich brauche Hilfe. Ich kann nicht mehr. Bitte hilf mir." Dann kam die Erinnerung an die Schwester in seinem Käfig zurück und er wurde hungrig und wild. Das Tier hatte ihn übernommen und er konnte sich nicht dagegen wehren. Dann hatte er Angela klar vor seinen Augen. Sie schaute ihn traurig an.

„Du bist schwach." Dann verschwand sie.

„Warte, ich brauche deine Hilfe." Er schlug nach ihr. Er war wütend. Er merkte nur schwach, dass sich Erinnerungen und Wirklichkeit vermischten. Angela war nicht erschienen, aber seine Erinnerungen ließen vergangene Momente real erscheinen. Seine Psyche projizierte Wahnvorstellungen, von dem er nicht mehr unterscheiden konnte, was real war und was nicht. Momente, die er klar erkannte, dann wurde er wieder zur blinden Bestie, die nur jagen und vernichten wollte. Dann spürte er einen Moment die Sehnsucht nach Ruhe, nach Erlösung und nach dem Tod. Er wollte seiner Existenz ein Ende setzen. So deutlich hatte er so ein Verlangen noch nicht gespürt. Er kannte das Gefühl nicht. Dann kam ihn in den Sinn, was es eigentlich war, was ihn Angst machte und ihn seine Kraft raubte. Es war die Einsamkeit und Isolation. Er war alleine und verunsichert, wusste weder wohin, noch was er anstellen sollte. Keine Hilfe und keinen Ratschlag, die ihn führte. Er ging zugrunde und das wurde ihm deutlich und bewusst.

„Du bist schwach." Angela hatte Recht. Er hat sie verscheucht und bereute diesen Fehler plötzlich bitter, dann übernahm seine wilde Bestie wieder die Kontrolle, denn er wusste, dass er als Jäger alleine sein wollte. Der einsame, kalte Jäger und Zerstörer.

Das erregte ihn im Innersten. Die Gier nach Fleisch und Blut. Die Isolation erschien ihm nicht erdrückend. Als Mensch hatte er darunter gelitten, als Bestie war sie ein Geschenk des Schöpfers. Er schöpfte erneuerte Kraft aus der Gewissheit, dass er die letzten Reste Menschlichkeit überwinden musste und sich völlig dem inneren Dämon hingeben wollte, um die gnadenlose Mörderbestie zu vertreten. Dann fiel ihm der Raum ein, den er vor wenigen Minuten noch betreten wollte und von dem ätzenden Dämpfen verscheucht wurde.

Er wollte stark sein und betrat ein weiteres Mal den Raum. Der Dampf war spürbar in dem stickigen Raum, aber er gab sich Mühe, dem Schmerz zu widerstehen. Er blickte in die polierte Silberwand und sah sich zum ersten Mal seit seiner Verwandlung.

Das Monster wirkte noch menschlicher und seiner alten Form entsprechender, als er angenommen hatte. Veränderungen fielen ihn auf. Er war nicht der Werwolf, für den er sich hielt. Er war etwas anderes, Reptilienhafteres. Es erinnerte ihn an die verlorene Statue, die diesen Frosch nachempfunden war. Er hatte etwas Froschähnliches, erkannte aber auch einige Züge, die ihn an eine Schlange erinnerte und sprang er wieder aus dem Raum heraus, da die ätzenden Dämpfe unerträglich wurden. Er keuchte und schnappte nach Luft, aber sein ganzer Rachen und seine Lunge brannten. Er bekam kaum Luft und röchelte, sackte auf die Knie. Er stöhnte und fühlte den Schmerz, aber diesmal empfand er keine perverse Lust dabei.

Den Schmerz wollte er nicht spüren. Seine Augen tränten und sein ganzer Körper zitterte. Er bekam Krämpfe und sah vor sich, wie ihn sein Ende ereilte. Er starb als Bestie in den Wirren des isolierten Nigendwo und verstand nicht, was die ganze letzte Zeit zu bedeuten hatte. Er erlebte etwas, das keinen Sinn ergab. Er brach zusammen und ihm kamen die Tränen. Er erinnerte dich plötzlich an seinen sechsten Geburtstag. Seine Mutter und seine besten Freunde feierten mit ihm seinen Geburtstag. Er sehnte sich nach menschlicher Gesellschaft, nach Zugehörigkeit. Er wollte Freunde, geliebt werden und als wertvolles Mitglied der Gesellschaft akzeptiert werden.

Dann richtete er seinen Kopf auf und spürte, wie in ihn die kalte und gnadenlose Bestie wieder die Herrschaft übernahm. Er wehrte sich nicht.

Er hatte getötet, gnadenlos und brutal. Er war komplett größenwahnsinnig und würde für den Rest als Monster durch die Schatten irren. Ein Zurück gab es für ihn nicht mehr. Die Lust nach gerissenem und gejagtem Menschenfleisch war verführerischer als die Integration in eine zivilisierte Welt, die er hinter sich gelassen hatte.

10.

„Du gehörst nun uns. Du bist nun unser williger Sklave, aber wir müssen dich noch trainieren und abrichten. Wie soll ich sagen? Du bist noch nicht ganz stubenrein." Die Bestie drehte seinen Kopf in die Richtung, aus der er die Stimmen vernommen hatte. Sie kamen aus dem Raum mit der Silberwand. Reflexartig sprang er auf die Beine und lief zu der Tür, schaute herein und suchte das Subjekt, das er in Stücke reißen konnte. Hinter dem Spiegel erblickte er den schwarzen Clown, der ihn in das Labyrinth geführt hatte. Der Clown lachte, seine Augen glühten rot und boshaft. Er lachte die Bestie aus. „Dummes Vieh." Der Clown verspottete ihn. Andreas wurde wild vor Wut, wollte den Clown reißen und fressen.

Der Clown lachte laut und schrill, hielt sich den Bauch. Andreas fuhr mit seiner Zunge über sein breites, froschähnliches Maul.

Er stellte sich vor, wie der Clown vor Schmerz um Gnade winselten und er verzweifelt versuchte, seine Eingeweide in die klaffende Wunde zurück zu stopfen. Andreas wollte mit seiner Klaue zuschlagen und dem Clown die Kehle durch reißen, sich an seinem sprudelnden und warmen Blut laben. Sein Speichel tropfte bei seinen Vorstellungen. Der Clown fixierte seinen Blick und lachte laut, schrillend und dreckig.

„Um zu bekommen, was dir gerade durch den Kopf geht, musst Du durch den Spiegel springen. Du bist echt ein selten dummes Vieh. Untauglich und unbrauchbar. Ja, Du bist schwach und wir benötigen dich nicht mehr. Keinen wird es interessieren, wenn das Vieh verreckt. Ich bin auch nur eine Puppe und darf mit dir in die Auslöschung gehen. Töte mich." Der Clown lachte und Andreas verlor die Beherrschung, nahm seine ganze Kraft zusammen und rannte auf den Spiegel los und schlug hart mit der schmerzenden Schulter gegen den Spiegel. Betäubender Schmerz ließ ihn in die Knie sacken, aber er hatte die Spiegel-Wand durchbrochen. Scharfe Splitter bohrten sich durch seine ledrige Haut, die einen Teil der Scherben aufhalten konnten.

Grünes Blut rann durch die Schnittwunden bei den Splittern, die seine dicke und kräftige Schutzhaut durchdringen konnten. Er lag in einem weiteren Raum. Vor ihm stand der schwarze Clown. Er lachte nicht mehr. „Du hast es tatsächlich geschafft, die Barriere zu durchbrechen. Ich fürchte, dass Du stärker und fähiger bist als unser Meister mich hat wissen lassen. Er opfert mich tatsächlich an dich. Wirst dir jetzt meine Eingeweide und meinen Kopf holen." Der Clown sprang zurück und beeilte sich, zu sich und Andreas schnell eine weite Distanz auf zu bauen. Der Raum war riesig und dunkel. Andreas konnte wahrnehmen, dass sich am anderen Ende des Raumes eine schwere Doppeltür befand, ansonsten war der Raum leer. Der Clown rannte um sein Leben. Andreas ignorierte die Schnittwunden und den Schmerz, kam aber langsamer auf die Beine, als er erhofft hatte. Er war schwerer angeschlagen, als er vermutete. Einige wenige Scherben hatten auch seine Beine verletzt und er hinkte, wurde durch die Verletzungen gebremst. Der Clown rannte und versuchte, die Doppeltür zu erreichen. Andreas wusste, dass er den Clown nicht entkommen lassen durfte. Er ignorierte den Schmerz, sammelte seine ganze Willenskraft und seine gnadenlosen, erbarmungslosen Raubtierjagdinstinkte übernahmen die Führung. ER rannte los, mit dem einzigen Ziel, den verdammten Clown zu zerfleischen und hoffte, dass er sich an seinem Fleisch vergnügen durfte. Die Bestie holte schnell auf und kurz bevor der Clown die Doppeltür erreichen konnte, war die Mörderbestie bei ihm und schlug zu.

Der Clown taumelte von dem schweren Schlag am Hinterkopf getroffen und knallte mit voller Wucht gegen die schwere Doppeltür. Der Clown sackte zusammen und wimmerte, schaute die Bestie mit weit aufgerissenen Augen an und Andreas erkannte die Todesangst in dem Blick des schwarzen Clowns, dessen Augen nicht mehr rot funkelte, aber auch nichts menschliches mehr an sich hatten. Der Clown wusste, dass es sinnlos für ihn sein würde, um Gnade zu winseln. Die Bestie wollte keine Gnade, das wussten beide.

„Du wirst mich jetzt töten, meine Zeit ist abgelaufen, aber bitte, lass mich dir erklären, warum ich das tat." Andreas grinste. „Kleines und feiges Vieh. Selber dämlich und schwach. Du spielst auf Zeit und ich halte dich für Verschwendung. Ich werde es jetzt schnell beenden. Warum Du getan hast, was DU getan hast, interessiert mich nicht." Andreas war erstaunt, dass er die Worte so klar formulieren konnte, ohne dass ihn sein Lust zu töten dabei übermannte.

Er hatte sich in diesem Augenblick unter Kontrolle und durfte selber entscheiden, wann und wie er sein Opfer ausweiden würde. Er zögerte den Moment hinaus, wollte sich an der Angst seiner Beute laben und hoffte, dass er sein Opfer in noch größere Angstzustände bringen könnte, würde der Clown seinen Worten glauben. Andreas hielt die Zeit mit dem Clown für Zeitverschwendung, aber er suhlte sich auch an dem Grauen, die sein Opfer empfand.

„Ich will diesen Doktor Progenitor. Anschließend zerreiße ich diesen Gunther. Wenn Du mir hilfst, lass ich dich noch ein Weilchen zappeln. Werde dich doch noch nicht töten. Lust habe ich aber und es wird auch geschehen." Der Clown grinste und bedankte sich dafür, dass er noch einen Augenblick länger bekam und den Hauch einer Chance verspürte.

„Ich werde dir helfen, sie zu finden. Dann kannst Du sie fressen, wenn dir der Sinn danach steht." Mit einer Klaue griff Andreas den Clown an seinem Hals und drückte ihm langsam die Luft ab, hob ihn dabei hoch und der Clown röchelte, bekam keine Luft und schaute der Bestie erschrocken und verwundert zugleich an. Andreas grinste.

„Das war doch nur ein Scherz. Clown lieben doch Scherze, oder? Ich finde diese Viecher auch ohne dich. Schon vergessen? Ich halte dich für Zeitverschwendung. Ich brauch dich nicht." Der Clown zappelte und strampelte und Andreas wartete geduldig, bis der Clown leblos erschlaffte. Dann schmetterte er den toten Clown mit aller Kraft gegen die Wand und genoss da Geräusch der zertrümmernden Knochen. Wie ein schlaffer Sack rutschte der Clown von der Wand und hinterließ eine breite und dicke Blutspur an der Wand. Andreas bekam Hunger und beugte sich über den Clown, drehte den Kopf so, dass er ihn ins Gesicht sehen konnte.

Dann leckte sich Andreas über das Maul, öffnete selbiges und hielt plötzlich inne. Der Clown grinste ihn breit und belustigt an. Der Clown packte Andreas an seine linke Pranke und ein Stromstoß durchzuckte seinen Körper. Kurz und schnell. Andreas taumelte benommen zurück, ließ einen kurzen Augenblick von dem Clown ab und spürte, wie sein Jagdinstinkt und seine Wut aufloderten. Der Clown war nicht besiegt und verspottete ihn ein weiteres Mal. Andreas setzte nach und schlug hart zu, aber der Clown lachte schrill und wich geschickt aus.

Ein Klapser von dem Clown auf den Rücken der Bestie und eine weitere Entladung ließ ihn in die Knie sacken. Andreas wusste nicht, wie viele Volt ihn durchzuckten, aber wäre er noch der Normalsterbliche gewesen, hätte es ihn getötet. In seiner neuen Form als Monster konnte er dem nur mühselig widerstehen. Dann reichte ihm der Clown lächelnd eine Sonnenblume, die in dem Bruchteil einer Sekunde ein Reißzahnbewehrtes Raubtiermaul auf riss und einen dünnen Strahl ins Gesicht spuckte, die sich ebenso verhielt wie eine Spei-Kobra. „Ich dachte, kleine Mädchen lieben Blumen." Der Clown verspottete ihn und lachte schrill. „Wie schon gesagt, Du bist noch nicht stubenrein. Wir müssen dich etwas dressieren. Aber mit Zirkus kenne ich mich aus."

Andreas war von dem Stromschock und dem Gift der Blume nahezu handlungsunfähig und wusste, dass er den Clown weit unterschätzt hatte. Der Clown verpasste Andreas einen Kinnhaken und ließ ihn mehrere Meter durch die Luft segeln, ehe er mit einem harten und dumpfen Knall auf den Steinboden aufschlug. Benommen blieb er liegen und schaffte es nicht, schnell auf die Beine zu kommen. Er hoffte, dass der Clown nur mit ihm spielte und ihn nicht direkt erlegen würde, wie Andreas es in seiner neuen Form als Menschenfressende Bestie getan hätte. Andreas hoffte, dass er für den Clown keine Zeitverschwendung war, denn der Clown hätte ihn ohne Mühe erlegen können. Er hörte, wie sich die Tür öffnete, Schritte den Raum verließen und dann schloss sich die Tür mit einem dumpfen Knall.

Ihm kam in den Sinn, dass der Clown ihn dressieren wollte. Andreas blieb eine Weile auf dem Boden liegen und rang nach Luft, Schmerzen betäubten seine Sinne und das ätzende Gift hatten seine Glieder steif werden lassen, die er nur mühselig bewegen konnte. Das Gift sollte lähmen, aber als die Bestie, die er war, konnte er sich gegen das Gift ein wenig durchsetzen. Er wurde davon nicht direkt getötet, war aber auch nicht dagegen immun.

Das Raubtier in ihm kam zu der Einsicht, dass er vorsichtiger sein müsste und seine Wut lernen sollte zu zügeln. Der menschliche Verstand ihn ihm wurde wacher. Er verstand, dass er sorgfältiger planen musste und nicht unbesiegbar war, sonst würden ihn seine Gegner vernichten. Sie brauchten ihn, aber er fragte sich, wie lange. Sie wollten ihn für ihre Zwecke missbrauchen. Wenn er seinen Zweck erfüllt haben würde, werden sie ihn nicht länger dulden und weg werfen. Zumindest vermutete er es, denn er kannte einen Comic, wo der tragische Antiheld in einer ähnlichen Situation gewesen ist und lernte, seinen Verstand zu gebrauchen.

„Ich werde mich an euch rächen und holen. Einen nach dem anderen." Er zwang sich, seine steifen Glieder zu bewegen, aber versagte bei dem Vorhaben und konnte sich kaum rühren. Dann atmete er durch. Tief und gelassen. Beruhigte sich etwas dabei und bemühte sich, seinen Geist ebenfalls zu beruhigen, schloss die Augen und wiederholte den tiefen und ruhigen Atemzug. Er sammelte seine Willenskraft und spürte, wie er ruhiger und selbstsicherer wurde. Dann bewegte er sein linkes Bein. Langsam und vorsichtig konnte er es krümmen.

Dann atmete er wieder tief ein und versuchte, sein rechtes Bein zu bewegen. Er hatte Erfolg. Er wiederholte die Prozedur einige Male und schaffte es, nach mehreren Minuten, schwerfällig auf seine Beine zu kommen. Vorsichtig hielt er sein Gleichgewicht und versuchte, das Zittern in seinen Beinen zu beruhigen. Dann kam die Ungeduld, da es ihm zu lange dauerte und er sackte zurück auf die Knie. Sein Körper zitterte.

Er war zu schwach und hatte Hunger, musste sich länger beruhigen. Wut kam in ihn auf und er zwang seinen Willen, sich ein weiteres Mal zu erheben. Unbeholfen konnte er sich einige wenige Minuten auf seinen schwachen Beinen halten.

„Ich gebe es auf. Ich brauche Ruhe." Andreas sank auf den Boden und blieb liegen. Wütend schnaufte er und starrte auf den Boden, bewegte dabei seine langen und dünnen Krallen, fuhr mit diesen über den Steinboden und regte sich mit dem schartigen Kratzen selber auf. Er fuhr noch ein weiteres Mal mit seinen Krallen über den Boden und spürte in seinen Eingeweiden, wie das Tier in ihm aufloderte. In ihm pulsierte neue Wut und neue Kraft. Er versuchte, ein weiteres Mal aufzustehen und knurrte wie ein verletztes Raubtier. Wut und Schmerz gaben den Takt vor, aber sein Wille war schwach. Der Versager kam in ihm auf und die Bestie mochte keine Schwächlinge. Die Wut auf ihn selber nahm zu. „Versager."

Er stürzte ein weiteres Mal zu Boden. „Du bist echt ein Versager." Traurig schüttelte er seinen Kopf, aber das Biest wollte nicht leicht aufgeben wie es der Versager wollte.

Dann spürte das Biest, dass es nutzlose und kraftraubende Kämpfe gegen Schatten führte. Er tat es

nicht zum ersten Mal, aber er hatte nicht gelernt. Keuchend blieb Andreas auf dem Boden liegen.
Der Versager in ihm war stärker als die Bestie. Hunger und Müdigkeit provozierten die Bestie, aber die wurde von dem schwachen Versager im Zaum gehalten.
Dann hörte er, wie sich die Tür öffnete. Das schrille Lachen des Clowns schmerzte in seinen Ohren. Andreas drehte seinen Kopf und sah den Clown an, der lachend hinter der schweren Tür hervor lugte und ihn belustigt ansah.
„Graf Gunther befahl mir, nach dir zu schauen. Er sagte, wenn Du fähig bist, werde ich nicht mehr lebend zu ihm zurück kehren.
Solltest Du Zeitverschwendung sein, darf ich den schwachen Versager aus dem Rudel werfen. Du bist Frass für die Ratten."
Der Clown schlich grinsend auf Zehenspitzen in den Raum und schloss die Tür. Kicherte dabei und machte irgendwelche Späße, die Andreas albern und nervig fand. Eine Erinnerung kehrte in seinem Verstand zurück, die er lange vergessen hatte.
Er erinnerte sich, wie er als Achtjähriger mit seiner Mutter im Zirkus war und ein Clown eine Darbietung brachte, die er recht amüsant fand und dabei strahlende Augen bekam. Er freute sich mit dem Clown und lachte. Er war glücklich und mochte den Clown.
Dann fing das Publikum an, zu buhen und beschmissen den Clown mit Abfall. Geschockt brach der Clown seine Darbietung ab und schaute irritiert zu dem buhenden Publikum. Andreas war entsetzt und für ihn brach eine bunte und friedliche Kinderwelt zusammen. Heulend suchte er bei seiner Mutter Schutz. „Mama, wie können die anderen Kinder so gemein sein." Andreas verstand es nicht. „Ich fand den Clown aber gut."
Der Clown stand erstarrt in der Manege und schaute die Menge mit weit aufgerissenen Augen an. Dann hörte Andreas einen lauten und peitschenden Knall. Schreiend fasste sich der Clown an den Kopf und sank in die Knie.
Blut rann in großer Menge zwischen seinen Fingern hervor und sammelte sich rasch auf dem Boden.
„Beschissener Clown, kratz ab, Du nervst. Zeigt endlich die Löwen, sonst schlafen wir ein!"

Andreas erinnerte sich nicht daran, was dann geschah, aber er zitterte am ganzen Körper und seine Mutter zog ihn hastig durch den Regen, schnell den Zirkus hinter sich lassend. Er erinnerte sich daran, dass überall um ihn herum Polizei und Krankenwagen standen, aber er wurde von seiner Mutter daran vorbei gezogen und dabei sprach sie kein Wort, nur dass sie schnell weg wollte. Danach wurde das Thema zu den Geschehnissen nicht mehr erwähnt.
Andreas blickte den Clown an, der sich grinsend und mit funkelnden Augen auf Zehenspitzen näherte. Andreas empfand Mitleid. Etwas, das die Bestie in ihm nicht verstand, aber die letzten Reste seiner Menschlichkeit dieses Gefühl liebten.
„Dir hat man auch übel mitgespielt, oder? Warum bist Du hier?" Der Clown hielt inne, schaute den am Boden liegenden Schwächling an. Sein Mundwinkel verzog sich. „Das Leben ist kein Zuckerschlecken und manchen von uns wird böse mitgespielt. Wenn Du verzweifelt genug bist, tappst Du irgendwann in die Fallstricke der abwärts führenden Spirale. Du wirst zum Sklaven, der keine freie Wahl mehr hat. Vielleicht nicht einmal kennt. Bewähre dich oder gehe unter. Bewähren hat einen stolzen Preis. Nicht jeder kann ihn bezahlen. Nicht jeder will ihn bezahlen."
Der Clown schaute ihn an, lachte nicht mehr und war still, stand einige wenige Meter von Andreas entfernt. Eine bedrückende Stille baute sich in dem Raum aus und einen Augenblick schwiegen beide. „Du bist auch ein schwacher Versager, der träumt, er hätte eine bessere Chance gehabt. Möglicherweise hattest Du die Chance und hast sie nicht genutzt." Der Clown trat einen Schritt vor. „Ich habe viele Chancen versaut und wurde gierig. Aber das spielt keine Rolle mehr. Hier heißt es, friss oder stirb. Friss und sei wachsam. Freunde hast Du gar keine und Feinde hast Du unzählige. Bist Du clever, zäh und schnell, hast Du eine Chance.
Ansonsten braucht es dich nicht mehr interessieren. Dein bester Freu7nd sind deine Raubtierinstinkte und die Verzweiflung. Aus diesem Gefängnis gibt es kein entkommen mehr."
Andreas spürte, wie seine Kräfte langsam wieder zurück kehren und er seine Glieder mehr bewegen

konnte, als er vor wenigen Minuten noch zu fähig gewesen ist. Er schaute den Clown weiter an, aber es war kein Hass. „Wenn wir zusammen halten, könnten wir mehr erreichen als wenn jeder für sich untergeht. Vielleicht entkommen wir zusammen."

Der Clown lachte wieder auf, amüsiert über die Naivität des Neuzugangs der Hölle. „In dir regen sich noch Reste deiner früheren Menschlichkeit, das erfreut mich, denn das zeigt, dass Du noch nicht so verdorben bist wie die anderen in diesem Labyrinth. Aber das vergeht. Für dich ist hier bei uns ein Platz reserviert."

Grinsend zog der Clown einen langen Stiel aus einer versteckten Innentasche seines schwarzen Jäckchens, an dessen Ende eine dünne Nadelspitze steckte. Eine grünliche Substanz tropfte von der Spitze. Der Clown kam näher, stand dicht bei Andreas.

„Dieses Gift wird deinen Verstand zersetzen und dich in eine willenlose Kreatur verwandeln. Getrieben von blindem Hass wirst Du durch die Korridore der Zitadelle irren. Graf Gunther möchte dich als sein Haustier sehen und befal mir, deine Verwandlung zu unterstützen."

Andreas fing an, zu wimmern. „Bitte, hab Gnade und Mitleid mit mir. Ich will nicht. Gib mir mein altes Leben zurück und lasse dies nur ein schlechter Traum gewesen sein. Ich wache auf, alles ist wie gewohnt." Der Clown lachte laut auf, schallend und schrill, verspottete Andreas.

„Du bist schwach und unwürdig. Verschwendete Zeit. Mein Meister hat Recht, Du bist die Mühe wirklich nicht wert."

Blitzschnell packte Andreas den Clown ans linke Bein und seine Krallen bohrten sich tief in das kalte Fleisch des Clowns. Er reagierte nicht, schrie nicht oder war entsetzt.

Mit einem schnellen Ruck riss Andreas seine Klaue zurück und trennte dem Clown das Bein ab, der schwer auf den Boden stürzte und sich mit einer mechanischen Bewegung aufrichtete, ohne den Mundwinkel zu verziehen oder mit der Wimper zu zucken.

Mit aller Kraft schlug Andreas zu und trennte die Hand des Clowns von seinem Handgelenk, in der er die dünne Nadel hielt. Mit beiden Klauen packte Andreas den Kopf des Clowns und drückte zu. Schnell und kräftig, gab sich der größten Kraftanstrengung hin, zu der er fähig war.

Der Clown wehrte sich nicht, ließ es nur geschehen. Dann brach der Schädel und wurde zerdrückt wie eine Eierschale.

Der schwarze Clown zerfiel augenblicklich zu Staub und rieselte durch Andreas Klauen. Die schwarze Kleidung blieb zurück und die künstliche rote Nase lag in dem Staub. Dann spürte Andreas die Schmerzen in seinen Gliedern, denn die Anstrengungen haben ihn Kraft gekostet und er war noch nicht so weit.

Seine Beine zitterten immer noch und er hatte Schwierigkeiten, aufrecht stehen zu bleiben und sank zurück in die Knie. Dann vernahm er das schmatzende Geräusch und sein Blick wanderte erschrocken zu dem zerbrochenen Spiegel zurück, durch den er die große Halle betreten hatte. Die schwere Doppeltür schlug zu, ohne erkennbaren Grund. Ein Lachen hallte zu ihm herüber. Die Stimme kannte er.

Auf allen Vieren kroch er zurück zu dem Spiegel und starrte mit weit aufgerissenen Augen starrte er auf den umgekippten Eimer, der auf der Schlachtbank lag. Der Schleim, der von der Decke in den Eimer tropfte, hatte sich auf dem Boden gesammelt und nahm Konturen an.

Deutlich konnte er die Form dieser Schleimkreatur ausmachen und auch seine Stimme kannte Andreas gut genug, um zu wissen, mit wem er es zu tun hatte.

Der wahnsinnige Doktor aus dem Krankenhaus manifestierte sich aus dem Schleim. „Mach dir keine Sorgen, ich vergebe dir dafür, dass Du eines meiner unzähligen Spielsachen kaputt gemacht hast. Dafür habe ich Neue. Nicht nur dich. Das Klammern an den Resten deiner Menschlichkeit wird nur etwas Nervtötend, aber Du bist zu Kräften fähig, von denen Du eine schwache Ahnung entwickelst, die tief in dir schlummern. Der Jäger, die Bestie, der Mörder. Sie werden stärker und verdrängen dein früheres Ich und das weißt Du. Du gehörst uns. Wehre dich nicht, denn es verschwendet nur Zeit und kostet uns nur Nerven."

Blitzschnell schlug Andreas nach dem Schleimhaufen, der noch nicht ganz der Doktor geworden war. Stechende Schmerzen durchzuckten seinen Arm, als seine Pranke den Schleim berührten und seine ledrige Haut verätzten. Schreiend zuckte Andreas zurück. Der halbmanifestierte Schleim-

Doktor grinste. Zumindest sah es für Andreas so aus, als würde der Ghoul grinsen. „Du sollst Beute jagen und schlagen, denn hier irren auch Menschen herum, die als Beute dienen. Nicht jeder darf unser Diener sein, viele enden auch als Futter für die Verderber. Verscherze es nicht mit deinen Meistern."

Dann schlug der Doktor zu. Schnell und kräftig.

Er erwischte Andreas an seinem Brustkorb und schleuderte ihn mehrere Meter durch die Luft und durch die Splitterreste der zerbrochenen Spiegelwand, in der noch Reste in der Fassung hingen und sich durch sein Fleisch bohrten. Andreas schlug hart auf dem Boden auf, benommen und halb wahnsinnig vor Schmerzen. Er blutete stark und sein Brustkorb war halb verätzt und verbrannt. Der Zorn stieg in ihm auf und gesellte sich zu seiner Verzweiflung. Wie ein verletztes Raubtier schrie er seinen Zorn heraus und schlug blind um sich.

„Warum nicht gleich so? Ich werde mich nun darum bemühen, deine Dressur zu beenden, denn ich habe noch weitere Kreaturen auf ihren angestammten Platz zu verweisen. Wir haben derzeit ein wenig Bedarf, neue Seelen zu verderben und uns läuft auch etwas die Zeit davon. Sei mir nicht böse, wenn ich etwas zügig vorgehe und keine sonderliche Lust habe, meine Zeit mit Spielereien zu verschwenden." Der Doktor, der mittlerweile fast menschlich aussah, kam mit schnellen Schritten näher und Andreas konnte erkennen, wie die rechte Hand des Doktors rot glühte und das dunkelrote Glühen pulsierte. Dann stieß er mit einer schnellen Bewegung zu. Andreas wollte ausweichen, war aber zu langsam und wurde an der linken Schulter getroffen.

Die glühende Hand des Monster-Doktors berührte die ledrige Haut seines neuen Spielzeuges. Irgendetwas explodierte in Andreas Hirn und er sah Sterne in der Schwärze tanzen. Benommen und gelähmt sackte er wieder auf den Rücken zurück.

Verschwommen nahm er wahr, wie der grinsende Doktor sich über ihn beugte. „Eine wilde Bestie, noch nicht stubenrein und unglaublich dumm. Mit dir haben wir leichtes Spiel, aber für diejenigen, für die Du auserwählt bist, wirst Du zu einer unbändigen Katastrophe. Du wirst Angst und Verderben über die Menschheit bringen. Wir werden dafür Sorge tragen, dass Du auch den letzten Rest deiner Menschlichkeit verlieren wirst. Du wirst dich nicht mehr erinnern können, dass Du einmal menschlich warst. Du bist in die Falle getreten und unser willenloser Sklave. Eine wütende und mordende Bestie. Aber Du wirst nicht alleine auf die Jagd gehen."

Der Doktor stand splitternackt über Andreas und steckte ihm seinen Zeigefinger in das breite Maul. Andreas biss zu und brüllte, konnte sich aber kaum rühren. Dann verwandelte sich der abgebissene Finger des Doktors in etwas schleimiges, das die Kehle runter lief und Andreas die Kehle anfing, zu verätzen. „Wenigstens nimmst Du brav deine Medizin. Das machen nicht viele.

Du bist der Einzige bisher, der das bereitwillig getan hat. Genauso bereitwillig, wie Du die beiden Schwestern gefressen hast. Ich merke schon, Du willst deinem Onkel unter allen Umständen gefallen. Ihm dienen."

Das Lachen des Doktors übertraf das Schallen des Clown und schmerzte in Andreas Ohren. Wie eine schwere Droge fraß sich die Substanz des Schleimes in sein Hirn und vernebelte seine Sinne. Die Gedanken wurden dumpf und die anderern Sinne verschlechterten sich. Andreas nahm seine Umgebung in Zeitlupe wahr und seine Glieder waren betäubt.

Schreckliche Bilder zogen durch seinen Verstand. Erinnerungen an Erfahrungen, die er nie gemacht hatte. „Möchtest Du noch einen Finger?" Andreas reagierte nicht, befand sich in einem Delirium und sah Bilder und überall war Blut, Tod, Zerstörung, Gewalt.

11.

Aus Angst wurde Verzweiflung und dann gab er sich einer Lust hin, die er nur vage kannte, die ihn ekelte, die er abgestoßen hatte.

Er wurde auf Zerstörung und Morden geil, konnte es kaum erwarten, endlich jagen gehen zu können. Wollte dem Bösen dienen, zu dem er auserwählt wurde. Er dachte an frisches Menschenfleisch und fing an, zu sabbern. Wollte mehr. Wollte Menschen fressen. „Was dreimal zu dir kommt, ist für dich bestimmt."

Die Stimme kannte er nicht, aber sie kam ihm dennoch vertraut vor. Sie hatte etwas warmes, etwas vertrauliches und anziehendes an sich, Andreas konnte sie klar verstehen. Er öffnete die Augen. Sein Blick war klarer und schärfer, als er vorher je hatte. Sein Sehvermögen war gesteigert, sein Hörvermögen kam ihm so vor, wie er es sich bei Raubtieren in der Natur vorgestellt hatte. Er roch auch das frische, lebendige Menschenfleisch in seiner Nähe und bekam Hunger. Er blickte sich in dem Raum um. Vor ihm stand eine hochgewachsene Gestalt, wirkte menschlich und mit leichenblassem Gesicht. Seine Züge waren eingefallen und er wirkte wie ein Greis, der schon über hundert Jahre alt war, aber kräftig und koordiniert wie ein Teenager.

„Ich weiß, dass Du mir dienen willst, denn ich bin dein Onkel und brauche dich. Deswegen bist Du hier, aber bevor wir reden werden, darfst Du erst einmal essen gehen." Andreas merkte, dass er an einer Liege aus Metall gekettet war.

Der Doktor war ebenfalls anwesend und näherte sich grinsend dem Metalltisch, auf dem Andreas lag. „Wie ich dir schon sagte, deine Dressur ist noch nicht vollendet, aber Du machst gute Fortschritte." Dann öffnete sich die Tür. Andreas erkannte die vage Ähnlichkeit mit dem Killer Fati, das die seelenlose Hülle darstellte, die durch die Tür herein kam. Auf der Schulter hatte er eine junge, bewusstlose Frau. Doktor Progenitor öffnete ein Schloss und mit einem Klacken lockerten sich die Ketten. Andreas konnte sich frei bewegen und sprang auf. Er fühlte sich frisch, kräftig und auch seine Sehnen waren elastisch.

Er spürte, dass er schnell war. Aber die Gier auf das frische Fleisch waren stärker als seine neuen Kräfte und er stürmte auf Fati zu und riss ihm das Opfer von den Schultern und fing an, das Fleisch zu verschlingen. Die Hülle, die einst Fati war, zuckte mit keiner Wimper, stand still da wie ein Roboter und erwartete weitere Befehle. Als der junge Greis ihm befahl, das Zimmer zu verlassen, reagierte er und ging mit plumpen, stumpfen Schritten, die eher mechanisch wirkten als natürlich. Andreas bekam sein Umfeld nicht mit, er gierte nach Eingeweide und Blut. Dann horchte er auf, weil das schallende Gelächter zu ihm herüber hallte.

„Ich bin Graf Gunther. Dein Onkel und dein Meister. Wie ich sehe, gehörst Du nun mir. Deine Abhängigkeit ist vollendet. Du darfst für mich Angst und Schrecken verbreiten. Doktor Progenitor wird dir zeigen, was Du als nächstes tun darfst, um deinem Meister zu gefallen."

Andreas schaute auf und bemerkte, dass er sich nicht mehr an dem Ort befand, wo er dem Doktor und dem Clown in der Halle mit dem zerbrochenen Spiegel begegnet war. Auch seine schweren Wunden waren vollständig verheilt. „Wie lange war ich bewusstlos?"

Der Doktor war näher gekommen. „Lange genug, mein Spielzeug. Lange genug. Aber mach dir keine Sorgen, denn hier spielt Zeit ebenfalls keine Rolle mehr. Solche Konzepte sind für dich nicht weiter von Belang. Du bist nur noch zum töten da, alles andere wirst Du vergessen. Dein Raubtiergehirn wird neu gestaltet. Die Verwandlung ist fast abgeschlossen, aber dein doch recht zäher Geist versucht, sich an etwas zu klammern, was Du nicht mehr bist."

Andreas begriff etwas tief in seinem Unterbewusstsein. Etwas, zu dem er kaum noch Bezug hatte. Es war etwas, das wertvoll war, aber er sich nicht mehr erinnern konnte, was es war. Nur, dass es falsch war, was er tat und nicht dem entsprechen konnte, was er einmal gewesen ist. Der Doktor lächelte. „Folge mir bitte." Dann verließ er den Raum und Andreas folgte dem Doktor. Sie gingen durch einen langen und schmalen Gang, es roch faulig und etwas dunkles und zähflüssiges tropfte von der Decke. Der Boden war glitschig und schimmelte.

Am Ende des langen Ganges war eine schmale Spalte in der Wand, durch die sich Andreas zwängen musste. Der Doktor hatte mit schmalen Ritzen keine Probleme, er fing an zu schleimen und war im nächsten Abschnitt. Eine Fähigkeit, um den ihn viele beneideten, auch Andreas.

In der kleinen Kammer hing ein Zwei-Meter-Spiegel. Andreas sah sich und den Doktor, der in seiner Erscheinungsform für einen Menschen zu dünn war. Ein dünner Schleimfilm umgab ihn und ließ ihn als unmenschliches Monster erkennen. Andreas sah, dass auch er keine Erscheinung mehr besessen hatte, die ihn in irgendeiner Weise als Menschen zu erkennen gegeben hätte. Er sah aus wie das Frosch-Monster seiner Träume und der Statue, die er zu Lebzeiten bekommen hatte. Seine Erinnerungen daran waren schwach. Die Statue interessierte ihn nicht mehr, obwohl ihn irgendetwas in seinem bisschen Verstand warnte, dass die Statue wichtig war. Er fand keinen Zusammenhang mehr zu sich und den Geschehnissen, die er als Mensch erlebte. Der Doktor streckte seine Hand aus und berührte den Spiegel. Die glatte Oberfläche warf Wellen, wie die Oberfläche eines Teiches und er konnte die Hand in den Spiegel versenken wie eine Wasser-Oberfläche. „Vergiss den Andreas, den gibt es nicht mehr."

Der Doktor trat durch den Spiegel und Andreas folgte ihm. Es wurde eiskalt und die Bestie mit einer schwachen Erinnerung an ein früheres Leben als Mensch wurde von dem Kälteschock beeindruckt. Es spürte noch Angst, Schmerz und Kälte. Dann war die Bestie neben dem Doktor auf der anderen Seite. Es regnete. Sie standen in einer dunklen, schmalen Gasse und der Schnee-Regen peitschte beiden in ihr Gesicht. An einigen Stellen der Gasse waren Stellen von Schnee und Eis zu erkennen. Andreas roch Müll und Menschen.

Der Hunger meldete sich. Der Doktor grinste. „Ein nützliches Portal zu der Welt der Menschen. Hier kannst Du jagen und fressen. Ich möchte, dass Du durch diese Tür dahinten gehst und guten Tag sagst. Dein erster Auftrag in deinem Revier. Soweit verständlich?" Andreas betrachtete die Tür und lief los. Geifer sammelte sich an seinem breiten Maul. Die Bestie in ihm wollte jagen und zerfleischen. Er gewann an Geschwindigkeit und fixierte die Tür, die ihm der Doktor gewiesen hatte. Dann sprang er mit seiner ganzen Kraft gegen die Tür.

Das Holz splitterte und er landete in einem großen Saal, in der eine Hochzeitsgesellschaft ihren Polterabend abhielt. Ein Herr in feiner Abendgarderobe stand direkt vor Andreas und war starr vor Schrecken. Seine Augen weiteten sich und für einen kurzen Augenblick war die Zeit fest gefroren. Die Raubtier-Reflexe nutzten den Augenblick und Andreas biss zu, verschlang den Herren an der Tür, bevor er vor Schrecken schreien konnte.

Drei weitere Bissen und die Gesellschaft schrie in Panik. Andreas ließ den angefressenen Kadaver des feinen Herren fallen und sprang mit einem kräftigen Sprung auf die Tanzfläche und schlug wild um sich. Die Gäste schrien und rannten, aber einige von ihnen konnte Andreas erwischen und schleuderte seine Opfer wie Stoffpuppen durch den Saal. Blut und Gliedmaßen klatschten an die Wände. Andreas verlor sein Verstand, er wusste nicht mehr, was geschah, war nicht mehr der Herr der Lage. Die Raubtierinstinkte übernahmen seine Handlung und es wurde schwarz vor seinen Augen. Nach wenigen Minuten schaute er wieder klarer, war satt und der Saal sah aus wie ein Schlachthaus, wo seit Tagen niemand mehr gereinigt hatte. Er hörte die lauter werdenden Sirenen. Er wusste nicht, was das zu bedeuten hatte, aber eine innere Stimme ließ ihn wissen, dass die Nachspeise heran rollte.

„Essen auf Rädern, das spielen will."

Andreas freute sich über den Besuch. Er ging gemütlich mit einem breiten Grinsen zu der Tür. Der erste Saft-Beutel, dem er begegnete, schrie und hob seine Pistole. Andreas schlug zu, schneller als ein Mensch und der Arm mit der Pistole klatschte gegen die Windschutzscheibe eines Polizeiwagens, der sich mit anderen auf der Straße sammelten und das Gebäude umstellten. Der Polizist, dem der Arm abgeschlagen wurde, schrie und verdrehte die Augen, wobei er schnell das Bewusstsein verlor und ihn zu verstummen brachte. Andreas packte ihn an den Haaren und riss mit aller Kraft schnell nach oben. Ein hässliches Knacken und Schmatzen folgte und Andreas hielt den abgerissenen Kopf in seiner Klaue, hielt ihn hoch und zeigte den Kopf grinsend den anderen Beamten, die in Stellung gegangen waren und auf ihn zielten, aber alle entsetzt auf das Geschehen reagierten. Selbst der Einsatzleiter bekam vor Entsetzen kein Ton heraus. Andreas lachte. „Wer von euch stirbt als nächstes?"

Dann schritt er vor und fixierte sein nächstes Opfer. Der Einsatzleiter keuchte, war einem Herzanfall nahe. „Feuer! Schiesst endlich!" Dann fiel er um, zuckte und konnte sich nicht mehr beherrschen, übergab sich und blieb ruhig liegen. Die ersten Schüsse knallten durch die Nacht, erwischten Andreas und holten ihn von seinen kräftigen Beinen. Der Schmerz durchzuckte ihn. Entsetzt blickte er auf seine Wunden und auf die verängstigten Polizei-Beamten. „Ich dachte, ich wäre gegen die Waffen immun oder so." Weitere Schüsse folgten und erwischten die verletzte Bestie. Andreas hatte keine Chancen gegen die Polizisten, die die wilde Bestie mit mehreren Schüssen durchsiebten. Dann wurde es schwarz und kalt in Andreas Gedankenwelt. Er sah noch, wie an der zersplitterten Tür Angela stand und ihn traurig anschaute. „Du konntest mich nicht mehr erlösen. Bist selber darauf hereingefallen. Die Dunkelheit hat eine Seele mehr korrumpiert." Dann verschwand sie. Mit ihr verschwand auch der Rest der Wahrnehmung und die Bestie nahm ihren letzten Atemzug. Dann verstummte sie für immer.

Andreas schlug die Augen auf. Lag auf der Couch seiner alten Sozialwohnung. Der Müll lag um ihn herum. Ihm schmerzten die Knochen. Vorsichtig stand er auf. Seine Beine suchten sich ihren Weg durch den Müll zur Tür. Er fühlte sich menschlich, aber krank.
„Was für ein Traum! Es wirkte alles so real. Heftig. Jetzt verstehe ich auch, warum Leute aus meinem Umfeld meinten, ich sollte mich mal von einem Psychiater untersuchen lassen, mit mir würde etwas nicht stimmen. Ich glaube mittlerweile, dass sie Recht haben."
Seine Beine fanden den Weg zur Toilette und der Urin war dunkel, tat ihm weh. Er schaute in den Spiegel, sah aus wie der Andreas, den er kannte. Sein Gesicht wirkte ausgemergelter, kränklicher und eingefallener als üblich.
Dann klingelte es an der Tür.

Andreas bemühte sich, zu der Tür zu gelangen und öffnete. Der Postbote kam die Stufen herauf.
„Ein Päckchen für Sie."
Der Postbote überreichte ihm zusätzlich einen Brief und rümpfte sich die Nase. Dann verschwand er eilig wieder. Dann wurde Andreas klar, dass er bestialisch am stinken war und schaute sich das kleine Päckchen an und ging mit der Post in seine kleine und heruntergekommene Küche und setzte sich einen Kaffee auf.
Er bemerkte, dass der Geruch nach altem Urin nicht nur aus dem Hausflur kam, er trug seinen Teil dazu bei. Eine Etage tiefer hörte er seine Nachbarn, die schwere Problemfälle waren und laut stritten. „Papi hat wieder gesoffen, ich halte es nicht mehr länger aus!" Die Alte unten wurde wieder hysterisch und kleine, verwahrloste Kinder quängelten herum.
„Wenn Du die verpissten Drecksblagen nicht besser erziehen kannst!" Dann hörte er die heftigen Schläge eines durchdrehenden Alkoholikers, der seine Familie verwemste, wie fast jeden Tag.
Andreas hatte inzwischen gelernt, es zu ignorieren und öffnete das Päckchen und fand darin eine sehr vertraute Statue. Der Schock saß tief.
„Liebe Grüße, Onkel Gunther."
Andreas schrie und schleuderte die Statue mit aller Wucht gegen die Wand. Die Statue zerbrach und die Trümmerteilchen sammelten sich zu dem restlichen Müll, der überall herum lag.
Nach drei Kaffee und einer guten Stunde später hatte sich Andreas beruhigt, ebenso die Nachbarn von unten, nachdem auch wiedermal die Polizei anrückte und nach einer halben Stunde wieder abzogen. Andreas schwor sich selbst gegenüber, die nächsten Tage nicht mehr die Wohnung zu verlassen.
Der Brief war von seinem Redakteur des Comic-Verlages. Sie würden sein Album drucken, aber es gab da noch vieles zu klären und korrigieren und Andreas bekam Magenschmerzen als er den Brief gelesen hatte.
„Der dumme Traum, ein nerviger Redakteur und die Statue. Ich geh wieder ins Bett." Aber als er auf seiner Couch lag, konnte er sich nur unruhig hin und her wälzen.
Dann sprang er auf und begann seinen Traum fest zu halten in Skizzen und auf sein Diktiergerät zu sprechen. Dann setzte er sich an sein Arbeitsplatz und fing an, sein nächstes Album zu produzieren, nachdem er den Müll und den Gerümpel mit seinem Ärmel entfernt und mit einem feuchten Lappen einmal über die Tischplatte gewischt hatte.
Die Inspiration seines seltsamen Traumes zu nutzen. Er arbeitete wie ein Besessener.
„Zeit spielt in dieser Welt keine Rolle mehr." Irgendwie musste er an den Doktor denken und nutzte

ihn als den Helden seiner Geschichte.

„Der böse Doktor, der sich am Ende selber opfert, um einem Menschen das Leben zu retten und zu einem tragischen Anti-Helden wird, weil er die Bombe zündet und sich, das Labor und das dämliche Frosch-Vieh in die Hölle sprengt."

Er zeichnete und korrigierte, war in seiner Arbeit vertieft. Die Ideen für seine Geschichte flossen aus seinen Fingern und pausenlos zeichnete er Panel für Panel, Seite für Seite.

Dann atmete Andreas auf, schaute aus dem Fenster und merkte, wie viel er nach knapp zwei Tagen besessenem Zeichnen von der Story erreicht hatte. Er spürte, dass er besessen gewesen sein musste, denn es war nicht er, der diese Leistung auf die Reihe bekam.

Dann bekam er Hunger und spürte, wie sich sein Magen verkrampfte. Es wurde ihm schlecht und er spuckte bittere Galle auf seinen verdreckten Teppichläufer zu seinen Füßen. Fleisch konnte er nicht mehr sehen. Alles erschien ihm so real.

Wahn und Wirklichkeit konnte er nicht mehr auseinander zuhalten. Er litt an einer schweren Psychose und konnte nur schwer damit umgehen, versuchte aber dennoch, mit seinen Problemen klar zu kommen.

Der Arzt bescheinigte ihm, dass er dringend Hilfe brauchen würde und bekam seine Überweisung in die Psychiatrie. Geschlossene Anstalt, nur unter Aufsicht und die Patienten waren richtig schwere Fälle. Andreas war einer davon. Die Patienten wurden mit starken Beruhigungsmitteln ruhig gestellt.

Andreas hatte Glück und schaffte es, als halbwegs Gesellschaftsfähig eingestuft zu werden, aber der Schock der Behandlungen und die lähmende Angst vor seinen Mitbewohnern prägten ihn für den Rest seiner Zeit.

„Sie haben Glück, denn wenn sich Ihre Psychose verschlimmert hätte, wären Sie als gemeingefährlicher Psychopath eingestuft worden. Sie hätten auf ewig einen festen Begleiter an Ihrer Seite gehabt, den Betreuer vom Vormundschaftsgericht."

Der damalige Arzt, der ihm dies sagte, vermied es geschickt, ihn in die Augen zu sehen und keinerlei Gefühlsregungen dabei zu zeigen.

Für den Arzt und das Pflegepersonal der Anstalt waren die Patienten nur fleischliche Hüllen. Roboter ohne Geist, ohne Seele und mit einer falschen Synapsen-schaltung im Gehirn.

„Sie müssen wieder gerade gerückt werden, dann funktionieren Sie Kollektiv-effizient."

Als Andreas das hörte, musste er sich lautstark übergeben. Seine Mutter kümmerte sich eine Zeitlang um ihn, damit er die Bürde, zurück in den normalen Alltag zu finden, nicht alleine tragen musste. Dann wurde seine Mutter schwer krank und wurde innerhalb kurzer Zeit zu einem Pflegefall. Sie litt nicht lange und starb.

Andreas war alleine, denn seine Schwester hatte sich Jahre zuvor aus dem Familienleben verabschiedet gehabt. Sie erschien nicht einmal zur Beerdigung und Andreas brach es das Herz. Dann kamen die Drogen in sein Leben.

Auf der einen Seite raubten die Narkotica seinen letzten Rest Anteilnahme am gesellschaftlichen Geschehen und er zog sich in seine Traumwelten zurück.

Er verwahrloste und beschwörte die Dämonen herauf, die er nicht mehr los wurde, aber er fand ein Gegengewicht zu seiner dunklen Seite und fing an, zu zeichnen. Erst begann er mit karikativen Figuren und Skizzen. Dann beschloss er wieder etwas Sinn in seinem Leben zu finden und fand über Zeitarbeit raus aus Sozialhilfe und seiner verwahrlosten Bruchbude. Es lief eine Weile gut. Er konnte es sich leisten, ein Fernstudium zum Comic-Zeichner zu beginnen und eine eigene Form der Selbst-Therapie zu entwickeln.

Dann kam die Kündigung, aber es interessierte ihn nicht sonderlich, denn er fing an, den Chef zu hassen, schaffte seine Leistungen nicht mehr und konzentrierte sich auf das Zeichnen. Von den harten Drogen hatte er Abstand genommen, verfiel dabei aber mehr dem Alkohol. Den Abschluss zum Comiczeichner schaffte er trotzdem und mit etwas Glück konnte er sogar einen Verlag finden, der Interesse an seinen Entwürfen und Alben fand.

Er nahm neue Arbeit auf in einer anderen Leiharbeitsfirma, um die Veröffentlichung seines ersten

Albums realisieren zu können. Zur Krönung seines kurzlebigen Glücks kam ein schweres gesundheitliches Problem und die Beschäftigung währte nur wenige Monate.

Arbeitslos, gesundheitlich angeschlagen und einem veröffentlichten Comic-Album, das kaum jemanden interessierte, versank er in alte Muster zurück.

Die Couch in seiner Bude wurde zu seinem Zufluchtsort und sein bester Freund waren Alkohol und Pillen von einem türkischen Nachbarn, die es Andreas ermöglichten, die Welt für eine Weile mit anderen Augen zu betrachten. Ein halbfertiges Album bekam er hin und sein gesundheitliches Problem verbesserte sich nach etwa einem Jahr Passivität und Nichtstun.

Sein unvollendetes Werk „Der Penner in der Achterbahn."

Beschrieb im wesentlichen ein Abbild seiner Hass-Psychosen, einem Teil seines Leides und kranken Parodien auf diverse Comics und Videospiele, die er in seinem verstaubten Regal sammelte.

Die Comichefte hatte er schon mehrmals gelesen und er fing an, Hass auf seine Sammlungen zu schieben. „Wie viel Zeit ich mit diesem Müll verschwendet habe. Aber *Silent Rock5* könnte ich nochmal spielen, da waren ein paar Ideen drin, die ich als Inspiration brauchen kann. Der Penner in der Achterbahn und seine Schrotflinte, damit wehrt er die Monster ab, die den Rummelplatz sabotieren." Geld für neuen Kitsch hatte er nicht übrig. Manchmal hatte er es dennoch gewagt, sich ein paar neue Teile zu kaufen.

Aber die entsprechenden Monate hatte er gehungert und fing an, in der Fußgängerzone Kleingeld zu schnorren für Nudeln und billigem Alkohol, damit er den großen, erbärmlichen Rest des Monats überstehen konnte.

Sein Comic Album fing er an, zu hassen und verlor zeitweise das Interesse am zeichnen.

Er verlor das Interesse am Leben.

Dann kamen die Geschehnisse mit seinem Onkel Gunther, die eher seinen kranken Phantasien entsprungen waren, aber ihm wieder etwas Lebenslust brachten. Kranker und verdrehter Wahn als Kunst verkaufte sich manchmal.

Nur manchmal. Meistens jedoch nicht, aber Andreas durfte für einen kurzen Augenblick einen Zustand erleben, den er als Glück bezeichnete. Nur eine kurze Zeit Glück. Das durfte er noch einmal erleben.

Auch wenn er es sich nur einbildete, dass er noch einmal kurz aufleben durfte. Dann würde er seine Mutter wieder sehen, die auf ihn warten würde, ihn lächelnd an die Hand nimmt und ihm sagt, alles sei in Ordnung. Er braucht sich nicht mehr zu fürchten. Alles sei in Ordnung. Sie lachen und freuen sich. Dass sie ihn lieben.

Er war schwer krank und ging in seinem Loch ein. Niemanden interessierte es.

9 783732 248148